散文

名家散文中学生读本

让我们相互凝视

铁凝／著

中国出版集团
東方出版中心

目 录

草戒指*

初夏的一天,受日本友人邀请,去他家做客,并欣赏他的夫人为我表演茶道。

这位友人名叫池泽实芳,是国内一所大学的外籍教师。我说的他家,实际是他们夫妇在中国的临时寓所——大学里的专家楼。

因为不在自己的本土,茶道不免因陋就简,宾主都跪坐在一领草席上。一只电炉代替着茶道的炉具,其他器皿也属七拼八凑。但池泽夫人的表演却是虔诚的,所有程序都一丝不苟。听池泽先生介绍,他的夫人在日本曾专门研习过茶道,对此有着独到的心得。加上她那高髻和盛装、平和宁静的姿容,顿时将我带进一个异邦独有的意境之中。那是一种祛除了杂念的瞬间专注吧,在这专注里顿悟越发嘈杂的人类气息中那稀少的质朴和空灵。我学着主人的姿势跪坐在草席上,细品杯中碧绿的香茗,想起曾经读过一篇比较中国茶文化与日本茶道的文字。那文章说,日本的茶道与中国的饮茶方式相比,更多了些拘谨和抑制,比如客人应随时牢记着礼貌,要不断称赞:"好茶! 好茶!"因此而少了茶与人之间那真正潇洒、自由的融合。不似中国,从文人士大夫的伴茶清谈,到平头百姓大碗茶的畅饮,可抒怀,亦可恣肆。显然,这篇文字对日本的

---

* 该文入选教育部规划大学本科教材《写作教程》(第 2 版),高等教育出版社 2009 年版。

茶道是多了些挑剔的。

或许我因受了这文字的影响，跪坐得久了便也觉出些疲沓。是眼前一簇狗尾巴草又活泼了我的思绪，它被女主人插在一只青花瓷笔筒里。

我猜想，这狗尾巴草或许是鲜花的替代物，茶道大约是少不了鲜花的。但我又深知在我们这座城市寻找鲜花的艰难。问过女主人，她说是的，是她发现了校园里这些疯长的草，这些草便登上了大雅之堂。

一簇狗尾巴草为茶道增添了几分清新的野趣，我的心思便不再拘泥于我跪坐的姿势和茶道的表演了，草把我引向了广阔的冀中平原……

要是你不曾在夏日的冀中平原上走过，你怎么能看见大道边、垄沟旁那些随风摇曳的狗尾巴草呢?

要是你曾经在夏日的冀中平原上走过，谁能保证你就会看见大道边、垄沟旁那些随风摇曳的狗尾巴草呢?

狗尾巴草，茎纤细、坚挺，叶修长，它们散漫无序地长在夏秋两季，毛茸茸的圆柱形花序活像狗尾。那时太阳那么亮，垄沟里的水那么清，狗尾巴草在阳光下快乐地与浇地的女孩子嬉戏——摇起花穗扫她们的小腿。那些女孩子不理会草的骚扰，因为她们正揪下这草穗，编结成兔子和小狗，兔子和小狗都摇晃着毛茸茸的耳朵和尾巴。也有掐掉草穗单拿草茎编戒指的，那扁细的戒指戴在手上虽不明显，但心儿开始闪烁了。

初长成的少女不再理会这狗尾巴草，她们也编戒指，拿麦秆。麦收过后，遍地都是这耀眼的麦秆。麦秆的正道是被当地人用来编草帽辫的，常说“一顶草帽三丈三”，说的即是缝制一顶草帽所需草帽辫的长度。

那时的乡村，各式的会议真多。姑娘们总是这些会议热烈的响应者，或许只有会议才是她们自由交际的好去处。那机会，村里的男青年自然也不愿错过。姑娘们刻意打扮过自己，胳肢窝里夹着一束束金黄的麦秆。但她们大都不是匆匆赶制草帽辫儿，在众目睽睽之下，她们编制的便是这草戒指，麦秆在手上跳跃，手下花样翻新：菱形花结的，万字花结的，扭结而成的“雕”花……编完，套上手指，把手伸出来，或互相夸奖，或互相贬低。这伸出去的手，这夸奖，这贬低，也许只为着对不远处那些男青年的提醒。于是无缘无故的笑声响起来，引出主持会议者的大声呵斥。但笑声总会再起的，因为姑娘们手上总有翻新的花样，不远处总有蹲着站着的男青年。

那麦秆编就的戒指，便是少女身上唯一的饰物了。但那一双不拾闲的粗手，却因了这草戒指，变得秀气而有灵性，释放出女性的温馨。

戴戒指，每个民族自有其详尽、细致的规则吧，但千变万化，总离不开与婚姻的关联。唯有这草戒指，任凭少女们随心所欲地佩戴。无人在乎那戴法犯了哪一条禁忌，比如闺中女子把戒指戴成了已婚状，已婚的将戒指戴成了求婚状什么的，这里是个戒指的自由王国。会散了，你还会看见一个个草圈儿在黄土地上跳跃——一根草呗。

少女们更大了，大到了出嫁的岁数。只待这时，她们才丢下这麦秆、这草帽辫儿、这戒指，收拾起心思，想着如何同送彩礼的男方“矫情”——讨价还价。冀中的日子并不丰腴，那看来缺少风度的“矫情”就显得格外重要。她们会为彩礼中缺少两斤毛线而在炕上打滚儿，倘若此时不要下那毛线，婚后当男人操持起一家的日子，还会有买线的闲钱吗？她们会为彩礼中短了一双皮鞋而号啕，倘若此时不要下那鞋，当婚后她们自己做了母亲，还会生出为自己买鞋的打算吗？于是她们就在声声“矫情”中变作了新娘，于是那新娘很快就敢于赤裸着上身站在街口喊男人吃饭了。她们露出那被太阳晒得黑红的臂膀，也露出那从未晒过太阳的雪白的胸脯。

那草戒指便在她们手上永远地消失了，她们的手中已有新的活计，比如婴儿的兜肚，比如男人的大鞋底子……

她们的男人，随了社会的变革，或许会生出变革自己生活的热望；他们当中，靠了智慧和力气终有所获者也越来越多。日子渐渐地好起来，他们不再是当初那连毛线和皮鞋都险些拿不出手的新郎官儿，他们甚至有能力给乡间的妻子买一枚金的戒指。他们听首饰店的营业员讲着 18K、24K 什么的，于是乡间的妻子们也懂得了 18K、24K 什么的。只有她们那突然就长成了的女儿们，仍旧不厌其烦地重复母亲从前的游戏。夏日来临，在垄沟旁，在树阴里，在麦场上，她们依然用麦秆、用狗尾巴草编戒指：菱形花结的，万字花结的，还有那扭结而成的“雕”花。她们依然愿意当着男人的面伸出一只戴着草戒指的手。

却原来，草是可以代替真金的，真金实在代替不了草。精密天平可以称出一只真金戒指的分量，哪里又有能够称出草戒指真正分量的衡具呢？

却原来，延续着女孩子丝丝真心的并不是黄金，而是草。

在池泽夫人的茶道中，我越发觉出眼前这束狗尾巴草的可贵了。难道它不可以替代茶道中的鲜花吗？它替代着鲜花，你只觉得眼前的一切更神圣，因为这世上实在没有一种东西来替代草了。

一定是全世界的女人都看重了草吧，草才不可被替代了。

风筝仙女*

家居市区的边缘，除却拥有购物的不便，剩下的几乎全是方便。

我们的楼房前边不再有房子，是一大片农民的菜地。凭窗而立，眼前地阔天高，又有粪味儿、水味儿和土腥味儿相伴，才知道你每天吃下去的确是真的粮食，喝下去的也确是活的水。

我们也不必担心窗外的菜地被人买去制造新楼，不必担心新楼会遮挡我们抛向远天远地的视线了：有消息说市政建设部门规划了菜地，这片菜地将变成一座公园。这使我们在侥幸的同时，又觉出一点儿失落，因为公园对于一座城市算不上什么奇迹，而一座城市能拥有一片菜地才是格外地不易。公园是供人游玩的，与生俱来有一种刻意招引市民的气质；菜地可没打算招谁，菜们自管自地在泥土里成长，安稳、整洁，把清新的呼吸送给四周的居民。

通常，四周的居民会在清晨和傍晚沿着田间土路散步，或者小心翼翼地踩着垄沟背儿在菜畦里穿行——我们知道菜农怜惜菜，我们也知道了怎样怜惜菜农的心情。只在正月里，当粪肥在地边刚刚备足，菜地仍显空旷，而头顶的风已经变暖的时候，才有人在开阔的地里撒欢儿似的奔跑了，人们在这里放风筝。

放风筝的不光我们这些就近的居民，还有专门骑着自行车从

---

* 本文入选 2012 年广州市中考语文试卷。

拥挤的闹市赶来的青年、孩子和老人。他们从什么时候发现了并且注意起我们的菜地呢？虽然菜地并不属于我们，但我和我的邻人对待这些突然的闯入者，仍然有一种优先占领的自得和一种类似善待远亲的宽容。一切都因了正月吧，因了土地和天空本身的厚道和清明。

我的风筝在众风筝里实属普通，价格也低廉，才两块五毛钱。这是一个面带村气的仙女，鼻梁不高，嘴有点鼓；一身的粉裙子黄飘带，胸前还有一行小字："河北邯郸沙口村高玉修的风筝，批发优惠。"以及邮编多少多少什么的。如此说，这仙女的扎制者，便是这位名叫高玉修的邯郸农民了。虽说这位高玉修描画仙女的笔法粗陋幼稚，选用的颜料也极其单调，但我相中了它。使我相中这风筝的，恰是仙女胸前的这行小字。它那表面的商业味道终究没能遮住农民高玉修骨子里的那点儿拙朴。他这种口语一般直来直去的句式让我决定，我就要这个仙女。

傍晚之前该是放风筝的好时光，太阳明亮而不刺眼，风也柔韧并且充满并不野蛮的力。我举着我的仙女，在日渐松软的土地上小跑着将她送上天空。近处有放风筝的邻人鼓励似的督促着我："放线呀快放线呀，多好的风呀……"

放线呀放线呀快放线呀，多好的风啊！

这宛若劳动号子一般热情有力的鼓动在我耳边呼啸，在早春的空气里洋溢，丝线从手中的线拐子上扑簌簌地滑落着，我回过头去仰望升天的仙女。我要说这仙女实在是充满了灵气：她是多么快就够着了上边的风啊。高处的风比低处的风平稳，只要够着上边的风，她便能保持住身体的稳定。

我关照空中的仙女，快速而小心地松着手中的线，一时间只觉得世上再也没有比这风筝仙女更像仙女的东西了：她那一脸的村气忽然被高远的蓝天幻化成了不可企及的神秘；她那简陋的衣裙忽然被风舞得格外绚丽、飘逸；她的态势忽然就呈现出一种怡然的韵致。放眼四望，天空正飞翔着黑的燕子褐的苍鹰花的蝴蝶银的巨龙……为什么这些纸扎的玩意儿一旦逃离了人手，便会比真的还要逼真？就好比天上的风给了它们人间所不能解的自在的灵魂，又仿佛只有在天上，它们才会找到独属自己的活生生的呼吸。是它们那活生生的呼吸，给地上的我们带来愉悦和吉祥的话题。

放线呀放线呀快放线呀，多好的风啊！

有些时候，在我们这寻常的风筝队伍里，也会出现一些不同寻常的放风筝的人：一辆"奥迪"开过来了，"吱"地停在地边，车上下来两三个衣着时髦的男女，簇拥着一位手戴钻戒的青年。青年本是风筝的主人，却乐于两手空空——自有人跟在身后专为他擎着风筝。那风筝是条巨大而华贵的蜈蚣，听说由山东潍坊特意订制而来；那线拐也远非我手中这种普通的杨木棍插成，那是一种结构复杂的器械，滑轮和丝线都闪着高贵的银光。"钻戒"站在地边打量天上，一脸的不屑，天上正飞着我的仙女和邻人的燕子。他从兜里摸出烟来，立刻有人为他点燃了打火机。一位因穿高跟鞋而走得东倒西歪的女士，这时正奔向"钻戒"，赶紧将一听"椰风"送到他手里。好不气派的一支队伍，实在把我们给"震"了。

然后那"蜈蚣"缓缓地迎风而起了，确是不同凡响地好看。四周爆发出一片叫好声，善意的人们以这真诚的叫好原谅了"钻戒"不可一世的气焰。我却有点为"钻戒"感到遗憾，因为他不曾碰那蜈蚣也不曾碰一碰风筝线，只在随员替他将"蜈蚣"放上蓝天之后，他才扔掉香烟，从他们手中接过线盒拎住。他那神情不像一个舵手，他站在地里的姿势，更像一个被大人娇纵的孩童。这样的孩童是连葵花子都懒于亲口去嗑的，他的幸福是差遣大人嗑好每一粒瓜子,准确无误地放进他的口中。

这时我想起单位里一个爱放风筝的司机。在一个正月我们开车外出,他告诉我说,小时候在乡下的家里,他自己会糊风筝却买不起线,他用母亲拆被子拆下来的线代替风筝线。他把那些线一段段接起来,接头太多,也不结实。有一次他的风筝正在天上飞着,线断了,风筝随风飘去,他就在乡村大道上跑着追风筝。为了那个风筝,他一口气跑了七八里地。

当今的日子,还会有谁为追赶一只风筝跑出七八里地呢?几块钱的东西。或者像拥有华贵"蜈蚣"的这样的青年会去追的,差人用他的"奥迪"。若真是开着"奥迪"追风筝,这追风筝倒不如说是以地上的轿车威胁天上的蜈蚣了。

我知道我开始走神儿,我的风筝线就在这时断掉了。风把仙女兜起又甩下,仙女摇摆着身子朝远处飘去。天色已暗,我开始追赶我的仙女,越过脚下的粪肥,越过无数条垄沟和畦背,越过土路交错的车辙,也越过"钻戒"们不以为然的神色。我坚持着我的追赶,只因为这纯粹是仙女和我之间的事,与别人无关。当暮色苍茫、人声渐稀时,我终于爬上一座猪圈,在圈顶找到了歪躺在上边的仙女。我觉得这仙女本是我失散已久的一个朋友,这朋友有名有姓,她理应姓高,与邯郸沙口村那个叫做高玉修的农民是一家人。

大而圆的月亮突然就沉甸甸地悬在了天空,在一轮满月照耀下,我思想着究竟什么叫做放风筝?我不知道。

但是,有了风筝的断线,有了仙女的失踪,有了我追逐那仙女的奔跑,有了我的失而复得,我方才明白,欢乐本是靠我自己的双脚,靠我自己货真价实的奔跑到达我心中的;连接地上人类和天上仙女之间那和平心境的,其实也不是市场上出售的风筝线。

关于头发

我上幼儿园的时候，梳过一种马尾辫：头发全部拢到脑后高高束起，然后用大红玻璃丝紧紧勒住。幼儿园阿姨为我梳头时，在我的头发上是很舍得用力的，每每勒得我两只眼角吊起来，头皮生疼，眼里闪着泪花。我为此和阿姨闹别扭，阿姨说，你的头发又细又软，勒得越紧头发才会长得越壮。长大些，当我对农事稍有了解，知道种子播入泥土，所以用脚踩紧踩实，或用碌碡压紧压实，为的是有助于种子生根发芽继而茁壮成长。这时我会想起幼儿园时代我的马尾辫，阿姨似乎把我的头发当做庄稼侍弄了。但她的理论显然是可疑的，因为我的头发并未就此而粗壮起来。

读小学以后，我梳过额前一排“刘海儿”的娃娃头。到了中学，差不多一直是两根短辫。那是文化贫瘠的时代，头发的样式也是贫瘠的，辫子的长度有严格限制，过肩者即是封建主义的残余。在校女生没人留过肩的辫子，最大胆者的辫梢儿，充其量也就是扫着肩。我们梳着齐肩的短辫，又总是不甘寂寞地要在辫子上玩些花样，爱美之心鼓动着我们时不时弄出点藏头露尾、扭扭捏捏的把戏，忽然有一阵把辫子编得很高，忽然有一阵把辫子编得很低，忽然有一阵把两根辫子梳得很靠前，忽然有一阵把两根辫子梳得紧紧并在脑后。忽然有一阵市面上兴起一种名曰“小闹钟”的发型，就是将头发盖住耳朵由耳根处编起，两腮旁边各露出一点点辫梢儿，好似闹钟的两只尖脚。正当我们热衷于“小闹钟”这种恶俗的发型时，忽然有传闻说这是一种"流氓头"，因为社会上一些不三不四的女青年都梳着这种头在社会上作乱。我们害怕了，赶紧改掉"小闹钟"，把两只耳朵重新从头发的遮盖下显露出来。

成人之后，在20世纪80年代初期，社会对头发的限制消失了，从城市到乡村，中国女人曾经兴起一股烫发热潮。在那时，烫成什么样似乎不是最重要的，重要的是头发需要被烫。呆板了许多年的中国女人的头发是有被烫一烫的权利的。我也曾有过短暂的烫发史，只在这时，我才正式走进理发馆。从前，我和我的同学几乎都没有进理发馆的经验，我们的头发只须家里大人动动剪子即可。我走进理发馆烫发，怀着茫然的热望。老实说我对理发馆印象不好，那时的理发馆都是国营的，一个城市就那么几家，没有竞争对手，理发师对顾客的态度是：爱来不来。即使这样，理发馆也总是人头攒动。我坐在门口排队，听着嘈杂的人声，剪刀忙乱的嚓嚓声，还有掺着头发油泥味儿的热烘烘的水汽，还有烫发剂那么一股子能熏出眼泪的呛人的氨水味儿……这人声，这气味，屠宰场似的，使我内心充满一种莫名其妙的羞愧感。好不容易轮到我，我坐上理发椅，面对大镜子，望着镜子里边理发师漠然的眼神，告诉她我要烫荷叶头。我须看着镜子里的我和镜子里的理发师讲话，这也让我不安。两个人同时出现在一面镜子里总叫人有些难为情，特别当她(或他)如此近切地抓挠着你的头发，又如此冷漠地盯着他们手下你的这颗脑袋。现在想来那真是一种呆板而又无趣的发型，可是理发师并不帮你参谋或者给你建议。我顶着一头孤独的"荷叶"回家，只觉得自己又老又俗。

以后的许多年里，我不再烫发，一把头发用橡皮筋在脑后拢住，扎成一个长的刷子。我的同事介绍给我一位陈姓理发师，说他人好技术也好，虽然是做"男活儿"出身，但"女活儿"你提要求他也能剪。我找到了陈师傅所在的理发馆,陈师傅热情地接待了我。他五十岁左右,老三届吧,人很敦厚,经常有本地领导同志慕名前来,他理那种程式化了的干部头最拿手。但他的确很聪慧,我提的要求,诸如脑后这把刷子的位置啦,刷子梢儿不要呈香蕉形而要齐齐的好比刷子一样啦,这看似简单的要求并不是每个理发师都能达到,可是陈师傅就行。他开动脑筋,过硬的基本功加经验,他成功了。

我的发型好像就这么固定了下来,亲人、朋友、同事都觉得这样子不错,显得五官突出,也有那么点成熟的干练劲儿。谈不到时尚,也决不能说落伍,而且省事。以至于不知何时我变得必须得留这种发型了。曾有好心同事半是玩笑、半是认真地告诉我:"你若改变发型,必会让很多人不相信你。"这话分量可不轻,吓住了我,却也愈加诱我生出逆反心理,我跃跃欲试,气人似的,非要改变一下发型不可。

我萌生了剪短发的念头,半年之间曾几次走进美发厅(如今各种美发厅和发廊已遍布各地),又几次借故逃出。我想我这是对自己的发型太在意了,太在意了反倒是在虐待自己了。剪个短发有什么了不起呢?有什么了不起呢剪个短发?于是在那个夏天,去北京出差时,我痛下决心似的走进了住地附近的一间名叫"雪莱"的美发厅。这里环境幽雅,照应顾客的都是些发型、装束均显时尚的年轻人。一位身材瘦高的发型师迎上来问我剪发还是烫发,我说我要剪短发,他立即将我引至一张理发椅上坐好,递上厚厚两本发型图册请我翻阅,另有一位小姐为我送上一杯纯净水。我来来回回翻着书,见里面多是些夸张的富有戏剧性的发型设计,不免心中忐忑,预感此行恐怕是"凶多吉少",并在这时想起了陈师傅——陈师傅固然老派,却是稳妥的。而我在这样一个时尚和幽雅兼而有之的场面上，不知为什么显得格外孤立和无助。我有些烦躁，翻书的手势就猛了，猛而潦草，像是挑衅。因为我刚刚享受了小姐一杯纯净水的服务，仿佛没有理由站起来就走，我离开的理由只能是他们的态度不好啊。只要这发型师显出一点儿不耐烦，我便能理直气壮地站起来告辞。但是这位年轻的发型师很耐心，他富有经验地对我说，您留这种发型很长时间了吧，长发换短发一般都得有个心理过程。没关系，您慢慢选择。发型师的话使我的心安定下来，我不由自主把自己的职业告诉他，请他帮我做些参谋。他斟酌片刻，认真指给我几种样子，分析了我的发质，还建议我不要烫头发——尽管烫发比剪发的价钱要高很多。这位年轻人给了我一种信任感，我觉得我的头发不会糟蹋在他手里。

发型师在我的头发上开始了他的创造，我也试着自信地看着镜子里的我。我逐渐看清这新的发型于我真是挺合适，这看上去非常简单的造型，修剪的过程却相当复杂，好比一篇简洁的小说，看着单纯，那写作的过程却往往要运用作者更多的功力。临走时我问了发型师的名字，他叫孟文杰。

以后当我的头发长了需要修剪时，我会很自然地想到孟文杰和他的美发厅。这并不是说，除了孟文杰就没有人可以把我的头发剪好，不是的。孟文杰的确有精良的技术和对头发极好的感觉，他的认真、细腻、流畅和利落的风格，他将我的并不厚密的头发剪出那么一种自然而又丰满的层次，的确让我体会到头发的轻松和人的轻松。但更重要的是，我喜欢这间美发厅里的几个年轻人和他们营造的气氛，那是一种文明得体、不卑不亢的气氛。不饶舌，不压抑，也没有“包打听”。谈话是自然而然的，时事政治，社会趣闻，天上地下，国内海外……他们是那样年轻，大都二十出头，却十分懂得适可而止。他们也少有“看人下菜碟”的陋习，生客熟客他们一样彬彬有礼。某日我碰见一位言语刻薄的女客正冲孟文杰大发脾气，孟文杰和几位小姐不还口也不动怒，耐心对她做着什么解释。我以为这女客走后他们定会在背后嘀咕她几句——在商店、在公共场所，营业员当着顾客和背对顾客经常是两张脸。但是他们没有，即使面对我这样的熟客，他们也没有流露心里的委屈。我想这便是教养吧，我对他们的技艺和教养肃然起敬。

不过你也别以为这里会呈现一派家庭味儿的不分你我，热情礼貌归热情礼貌，算账时一分一厘都很清爽。没有半推半就的寒暄，或者假装大方的“免单”。这就是平等，平等的时候气氛才轻松。

这是一些不怎么读小说的人，因为熟了，有时候他们也读我的小说。一位姓常的小姐尤其喜欢和我讨论我的小说的结尾。这位常小姐告诉我她擅长讲故事，每当遇到伤心的女友对她诉说自己的伤心事时，常小姐便会讲自己一个比女友更伤心的故事给她听。常小姐说其实我一半都是编的呀，我想只有你的故事比她更伤心，才能让她停止伤心你说是不是？常小姐她实在应该去写小说呢。有时我把自己的新书送给他们，孟文杰往往带着职业本能品评新书，他指着封面上我的照片说：“您耳边这绺头发翘起来了，是上次我没剪好。”假如我很长时间不去“雪莱”，他们也会说起的，计算着几个月了，我应该去了……我知道这不是对所谓“名人”的想念，地处王府井闹市，他们眼前、手下经常流淌着名人和名人的脑袋。这是一种人与人之间自然的友好心情，我为此而感动。

想一想在这个世界上，除了你自己，除了与你耳鬓厮磨的爱人，还有谁和你头发的关系最亲密呢？正是那些美发师啊。他们用自己诚实、地道的劳动，每天每天，善待着那么多陌生的潮水一般的头发，在那么多头颅上创造出美、整洁、得体和千差万别的风韵，让我想到，在我们的身体上，还有比头发更凡俗、更公开却又更要紧的东西吗？而美发师这职业，是那么凡俗，那么公开，又那么要紧。多少女性想要改变心情时，首先就是从头发上下手啊。“今天我要对自己好一点，去美发厅做它一个‘离子烫’！”有一回我去镜框店买镜框，听见女店主正对她的熟人说。

我已经很久没见过陈师傅了，他曾托同事捎话给我，希望我去他那儿让他看看，看我到底剪了个什么样的头，他能不能也学学。

陈师傅的话使我感觉到我对他的一种背叛，还有一点儿凄凉。我的头发“投奔”了一些充满朝气的年轻人，这本身仿佛就是对陈师傅的不够仗义。不过话也可以这么说吧：如果我们的头发不再可能重复几十年前那被限制的时光，面对头发就永远存在丰富而多样的竞争。

这让人激动，也让人觉出生活的正常和美好。

车轮滚滚

不久前，在一个聚会上，我的一位同事又说起了车。一个时期以来，我不止一次或直接、或间接地听这位同事讲起有车的种种好处和开车的种种意义。这位同事已经买了属于自己的车，可他的听众，大多是还没有私家车的群体。有车的人对没车的人讲述买车、开车其实也属正常——难道这不正是一个开口必谈"车事"的时代吗？我们的媒体广告，汽车在其中已经占据了多么显赫的比例。谈车早就是一种时尚、一种先锋，一种优越甚至一种"派"。而我的这位同事，又从自身职业特点引申开来，说开车不仅可以开阔眼界，提高境界，并且对写小说也会产生积极意义。只可惜，迄今为止，我还没能看见有哪位作家是因为买了车开了车而把小说写得比从前更好。倒是这位同事的"车事"，让我想起了自己的"驾车"经历。

从前——30 年前——1975 年，夏天的时候，我和一些应届高中毕业生作为下乡知识青年，被冀中平原上的一个村子接纳下来，开始了与农民一样的劳动和生活。当秋天到来，我们已经有了些许农事经验，生产队长对我们的劳作能力也基本上心中有数了。一天下午，这位队长派给我一样农活：赶着毛驴车去公社供销社拉化肥。这使我欣喜若狂，与我同行的两个女生也兴奋不已。因为，和大庄稼地里的活计相比，赶驴车又何止是个轻巧活儿呢，那简直是一次奢侈的时髦之旅。生产队的毛驴是头小灰驴，那驴车只是一辆小排子车。驴的秉性比起骡、马，虽然稍显滑头和懒惰，却不暴烈，通常比较好驾驭。就这样，我们赶着小驴车上了路。两个女伴坐进车厢，由我负责驾车。我坐在左侧车辕上，手持一根细荆条，并不抽打驴的身体，只在吆喝它时晃上几晃以助声威。起步要喊"驾"，调整方向要喊"哦喝"，站住要喊"吁"。差不多，只要学会这三声呼喊，驴车就能够正确地在路上前进。驴车在我简单的吆喝声中不快不慢地走着，车轮下的乡间土路凹凸不平，让我们的身体领略着甘愿承受的轻微颠簸；而夹挤在土路两边的高大的白杨树，在秋风中哗啷啷地响着，威严又安谧。公社离我们的村子五华里，我们都希望这短暂的五里地能够无限延长——因为驾驭的欢乐初次降临到我的头上。我们的虚荣心也叫我们特别乐意被在附近地里干活儿的村人看见，我们乐意看见人们那吃惊的眼神：嗬，女学生也会赶驴车……几乎是一瞬间，公社就到了。我在供销社门前冲小灰驴喊了"吁"，停住车，我的同伴也跳下车，跟我一起进门去买化肥。但我们出门时却发现驴车不见了，原来我忘了把毛驴拴住——或者说我根本就没有拴住它的意识。于是驴自己拉着车扭头就走了，也许它是想独自回家呢，也许它是用这种行为表示一下对我们的不屑：就你们，连拴车都不知道，还想吆喝我？我们急着在街上找驴车——驴和车可都是生产队的财产啊。幸亏好心的路人帮我们把已经走在出村路上的驴车截了回来，供销社的营业员替我们将化肥装上车，驴车才又开始正确前进。在回村的路上，我们三人不断指责着那毛驴，指责它的贼头滑脑和不听指挥。驴一声不吭地只顾走路，这就是驴滑头的一面吧，当然它也无法开口用人话与人对答。而驴在想什么就是人永远不知道的了。很久以后我想起我这初次的驾车，仍然能够感受到当初的愉悦，可也觉得我们三个人只顾了享受驾车的奢侈，似都缺少一点驾车人应有的厚道：驴已经在负重前行了，它承载的重量除了化肥，还有我们三个活人，又何必把自己忘记拴驴车的责任推到它身上呢。

我还想到，1975 年的秋天我驾着驴车的时候，即使用尽想象力，也没去梦想有一天我还可能驾驶汽车。时间再往前推，上世纪 60 年代，我的儿童时代，关于汽车的歌谣有这样两句："小汽车，嘀嘀嘀，里边坐着毛主席。"在那个时代的童谣里，小汽车连中国人遥远的梦都不是，小汽车里坐的只能是毛主席这样的伟人。普通人如我，长大后只坐过另外的一些车：火车、公共汽车、卡车、摩托车、自行车……还有马车、牛车。在乡下的那些日子里，当我们到离村很远的地块儿干活儿，收工时累得腰酸腿颤，若能在回村路上搭一辆村中的牛车，便是莫大的享受了。牛是憨厚温顺的，牛车是缓慢、从容的，车把式的脾气多半也是好的，我们很容易就蹿上车后尾，坐进车厢，一边歇息着劳累的腿，一边得意着自己的好运气。那是一个不讲速度的时代，虽然火车、飞机都在奔跑和飞翔，但在中国的乡村，牲口车仍然像千百年前一样，是重要的交通和运输工具。1975 年的中国，自行车也仍然是重要的，是交通工具更是家庭财产的象征。一则轶事讲的是我的另一位同事，在那个年份里买了一辆产自上海的凤凰二八型锰钢自行车，却舍不得骑，放着又怕受潮，干脆将它吊在墙上。其老父从乡下来城里看病，每日步行去医院，颇感劳累，请求儿子将墙上的自行车放下来叫他骑一骑，这位儿子便说："爹呀，您还是骑我吧。"这样，孝顺和实用就都让位于对这份财产的护佑了。在今天，中国人有谁还会奔走相告自己买了一辆自行车，并把自行车挂在墙上呢。

时代在前进，我也竟然有了学习开车的机会。我初次学习驾驶汽车是在 1990 年，那年我在河北山区一个县里生活、工作了一段时间。一位县政府的司机在拒马河宽阔的河滩里教我开北京吉普“212”。坦率地说，他教得含含混混，我学得糊里糊涂，但我居然把那吉普车开出了河滩，开上了公路。一如我当年驾着驴车，觉得一切都很简单。三天以后我就开着那车去了一趟北京，并邀请县里几位领导乘坐我开的车。今天想来，这实在是一件于人于己都极不负责的野蛮之事，真是无知者无畏啊！再后来当我真正去学习开车并考取驾照后，才知道当年我开着车不自量力地疯跑着去北京时，我其实并不会开车——虽然，车子在前进，车轮也滚滚。我在还没有资格开车的时候就上了车，不尊重自己，也不尊重他人。

接着，仿佛是忽然之间，中国大地变成了一个汽车的海洋。不是曾经有人说过，19 世纪超过了以往的 1 000 年吗？而中国的近 30 年，又一下子超过了以往多少漫长的岁月呢？就在一百年前，一位美国传教士名叫阿瑟·史密斯的，在《中国乡村生活》一书里还写道：即使中国乡村中的士人，也有人坚信西方国家一年有 1 000 天并且天上无论何时都挂着四个月亮。今日的中国的确创造了奇迹。我们用 30 年成就了先人千百年不曾想象的事业，千百年不曾有过的现代之梦。

我庆幸我生在今天的中国，我驾驶过驴车，我也有机会去驾驶汽车，甚至我也可以有属于自己的汽车。啊，车轮滚滚，中国人从前在交通上的种种苦难、尴尬和算计好像一股脑儿就被抛在车后了——很多时候我们实在是健忘。还记得许多人当年为了省下三分钱的公共汽车票钱，坚持步行着走向目的地。人问：“您是怎么来的呀？”答曰：“乘 11 路汽车来的。”就是当年这些快乐而幽默的用“11 路汽车”行动的步行者，在今天已经有多少人拥有了自己的私家车啊。我也亲眼见过我的一个亲戚，当年住在四合院里一个三平方米的小屋里，有一次打开一辆某某牌车子的车门，皱着眉头说：后排座空间太窄，空间太窄……更有各种媒体为各种牌子的汽车划分了“阶级”等级：某某车是市民车，某某车是白领车，某某车是小资车，某某车是官员车，某某车是富豪车，某某车是顶级至尊车……以此来引导着购车者的消费和向往，并制造着车与车之间、车主与车主之间微妙而又难耐的矛盾。大排气量的车好像天生可以藐视小排气量的车；而小排气量的车遇见大排气量的车也喜欢故意“别”你那么一下子。当他们共同遭遇自行车和行人时，便又会结成统一战线，异口同声地诅咒自行车和行人的不遵守交通规则，专门要和开车的人过不去。他们会说：这是对有车族的嫉妒。也许是吧，因为当我不在车上的时候，我也是行人中的一员。当我走在小区安静的路上，我讨厌一辆汽车在我背后突然鸣喇叭——你坐在车里有什么了不起啊，也许我想。我不让路，就叫那车在我身后磨蹭着走。而当我开车的时候呢，我不是也经常抱怨自行车们的不守规矩吗，我也曾在不该鸣喇叭的地段大声鸣起喇叭，以威吓那个闯红灯的、阻挡了我正常行驶的骑自行车的人。这时我应守的规则上哪儿去了呢？是啊，生活在前进，为什么车上车下的人却变得这么脾气暴躁、火气冲天？还有些时候，我也是乘车的人。我坐在出租车上，发现这个女司机并没有真系安全带，她只是把安全带斜搭在肩上用来应付警察。我说您怎么不系安全带呀？她说“累得慌”。我又发现她变道、转向时从来不打转向灯，就说您怎么不打转向灯啊？她说“累得慌”。她一路和我说着“累得慌”让我心存不悦，虽然在我眼前的车流里，变道不打转向灯的车实在挺多。此时的我作为一个坐车的人，自然又会想到开车人的素质太低什么的。“素质”，这也是近年来我们挂在嘴边的话了，且多半是用来指责他人。我还发现为了省油，这女司机常是离路口的红灯还有百米左右就提前空挡溜车，让我倍感不安全。可女司机是个爱说话的人，她向我诉说了很多她的家庭负担和她的累。她的话我大半没记住，只有一个细节很久不忘。她说开车累营养要跟得上，牛奶她是喝不惯的(很多国人的肠胃不能消化牛奶)，她每天早晨喝一包豆奶。她会在每晚睡觉时把豆奶放在自己的肚子上焐热，她的肚子脂肪厚，一夜时间焐热一包豆奶是富富有余的。她早晨喝一包被自己肚子焐热的豆奶，人觉得很精神，也省了家里的煤气。她就那么精神着开她的出租车去了。这时我的不悦似乎又随着女司机的豆奶消失了，这是一个劳动着的人，一个节俭持家的人，我真有资格去和她讨论"素质"吗？如此，莫不是谁都有着谁的道理？

那些开着"顶级至尊"车的公民，不是也有落下车窗就冲着大街吐痰的吗？而在我听到的许多关于车的议论中，人们大多是说品牌，说欧洲车和日本车之高低，说钢板的厚度车身的自重，说自动挡和手动挡或"手自一体"，说排气量，说真皮坐椅和天窗，说车内音响和电视，说安全气囊的安全系数……唯独很少听见开车人说开车的规矩，偶尔提及，竟也是说如何用不着去讲那些规矩。

2005年的岁末，我是一个乘车的人，我是一个骑自行车的人，我是一个坐"11路"而来的人，我——有时也是一个开车的人。我开着车走在山里一条狭窄的公路上，遭遇着种种不守规则的车。而当我遇到前方的某辆车在变道时打起转向灯时，便立刻觉得自己受到了格外的礼遇。我多么想告诉那辆文明的车：陌生的车啊，我感谢你！在经过一个寂静的村子时，我遇到了一辆拉着柴火的驴车。赶车人不是三十年前的我，而是一个老汉。他跳下车来，赶紧轰着牲口忙不迭地给我的车让路的样子使我有种受宠若惊之感。这个谦逊的山里老人，他显然还没有对汽车这物件产生敌意，他把它当成这山里的客人了吧，主人应该礼让客人的。在老人积极的避让下，我顺利通过了本是狭窄的路。我忽然心生暖意。我在空无一人一车的公路上开着车，一丝不苟地系着安全带，一丝不苟地在该打转向灯时打着转向灯，虽然，很长的一段时间里，在我的前方和后方并没有车。那我的转向灯是打给谁的呢？我是打给车轮下这清晰可辨的斑马线吧，还有虚线、实线、双黄线……我是打给这抬举着我的条条公路吧，我是打给我本该遵守的规矩吧，我也是打给我手下这跟了我的车吧。当我在空无一人一车的公路上守着自己该守的规矩、限制着自己该受的限制开车时，真正享受到了开车的愉快和自由——没有限制，又哪里来的自由呢。当你接手一辆车的时候，你要给这车什么样的教养，你准备好了吗？我不断问我。

话题还要回到开头：我的那位有着"谈车瘾"的同事也许犯不上被我讥讽。这同事已年过60，一个年过60的中国人能赶上开自己的车，难道不也是一件很可爱的事吗？就算是他把自己的买车和开车变成了一个事件而不是一种纯属个人的生活，可中国的朝气，中国人的心气儿，也在其中了。车轮滚滚，势不可挡，谁也无法压抑逐渐富裕起来的中国人蓬勃的各种欲望。问题是，当车轮滚滚向前时，我们该没有丢下人类那些本该具备的种种德性吧？我们有目测前方的雄心，也该有回望心灵的能力。

车轮滚滚，而人海更是茫茫。当车在人的生活中变得那么重要时，每一个人也都更加重要，即便你还是乘着"11路"来往于人海茫茫的路上。

擀面杖的故事

我父亲作为一个长于西画的画家，特别喜爱中国民间的“俗物”，擀面杖是其中之一。他搜集的擀面杖，多半来自乡间农户，木质、长短和粗细各有不同，他对它们没有特别的要求，他的原则是有意思就行。当他有机会去农村的时候，他喜欢串门。那时主人多半是好客的，他们通常会大着嗓门邀他进屋。他进了屋，便在灶台、水缸、案板之间东看西看起来。遇有喜欢的，或直接买到手，或买根新的来以新换旧。有一次他为了“磨”出一根他看上的擀面杖，在一个村子耽搁了大半天。而他进村的时候，不过是想画些钢笔速写。这样，画速写用去二十分钟，“求”擀面杖却花了五个小时。为了达到目的，他能忍住饥饿，忍住焦渴。他的顽强以至于惊动了那村的全体村干部。而看热闹的村人越发以为那家的擀面杖总是个稀有的宝贝，便撺掇着主人将价格越抬越高。最后还是村干部从中说合，我父亲以近二百元人民币的价格将擀面杖买下。我没有问过父亲这值不值，我知道“喜欢”这两个字的价值有多高。

那年初秋，我随父亲去太行山西部写生，他在一户人家发现了他中意的擀面杖。照我当时的看法，这根擀面杖其貌不扬，木质也一般。但也许正是它那种不太圆润的样子吸引了父亲，他小声对陪同我们前来的镇长（年轻的镇长是父亲的朋友）说了买擀面杖的企图。镇长说这也叫个事儿？这也用买？先拿走，回头我让人上供销社给她们送根新的来！

这个上午,这家只有一位年近五十的妇女。她告诉我们,她丈夫上山割山韭菜去了,大闺女正在地里侍弄大棚菜。当她得知我们要买她的擀面杖时,显然觉得这是一件不可思议的事。她明确表示了她的不情愿,她说其实那不是地道的擀面杖。那年她当家的和兄弟分家的时候,他们家没分上擀面杖。他当家的在院里捡了根树棍,好歹打磨了几下权作了擀面杖,其实这擀面杖不过是个普通的树棍子。这位妇女想以这擀面杖的不地道打消父亲想要它的念头,我却接上她的话说:“既是这样,就不如让我买一根真正的擀面杖送给您吧。”哪知妇女听了我的话,立刻又调转话头,说起这擀面杖是多么好使,说再不地道也是用了多少年的家伙了,称手啊,换个别的怕还使不惯哩……这时镇长不由分说一把将擀面杖抓在手里,半是玩笑半是命令地说这擀面杖归他了,他让妇女到镇供销社拿根新的,账记在他的身上。妇女仍显犹豫,却终未敌过镇长的意愿。我们自是一番千谢万谢。一出她的院门,镇长便将擀面杖交与父亲。父亲富有经验地说,应该尽快离开这个村子,以防主人一会儿反悔。

我们随镇长来到镇政府,在他的办公室,镇长对我讲起了他的一些宏伟计划。我们的聊天被一阵高声叫嚷打断,原来是刚才那家的闺女前来讨要擀面杖了:“把我那擀面杖还给我!把我那祖传的(明显与其母说法不符)擀面杖还给我!”镇长上前想要制止她的大叫,说我们又不是白要,不是让你娘去供销社拿新的么。但这女性显然不吃镇长那一套,她哼了一声冷笑道:“别说是新的,给根金的也不换!快点儿,快把擀面杖拿出来,正等着擀面呢(也不一定),莫非连饭也不叫俺们吃啦……”她的音量仍未降低,四周无人是她的对手。我和父亲只感到很惭愧,毕竟这其貌不扬的擀面杖是一户人家用惯的家什。用惯了的家什,确能成为这家庭的一员。

那么，我们不是在“掠夺”人家家中的一员么。我父亲不等这女性再多说什么，赶紧从屋里拿出擀面杖交给她，并再三说着对不起，我也在一旁表示着歉意。谁知这女性接了擀面杖，表情一下子茫然起来，有点像一个铆足了劲挥拳打向顽敌的人突然发现打中的是棉花；又仿佛她并不满意这痛快简便的结局。愣了一会儿，她才攥着擀面杖骑车出了镇政府。

过后父亲对我说，这没什么，比这艰难的场面他也碰见过。我知道他要说起一个名叫走马驿的山村，两年前他就在那儿看上了一根擀面杖，却未能得手。两年之间他又去过几次走马驿，并且间接地托了朋友，每次都是败兴而归。但父亲在概念里早已把那擀面杖算成了他的，有时候他会说：“走马驿还有我一根擀面杖呢。”

我经常把父亲心爱的擀面杖排列起来欣赏，枣木的，梨木的，菜木的，杜木的，槟子木的……还有罕见的铁木。它们长短参差着被我排满一面墙，管风琴一般。它们的身上沾着不同年代的面粉，有的已深深滋进木纹；它们的身上有女人身上的力量、女人的勤恳和女人绞尽脑汁对食物的琢磨；它们是北方妇女祖祖辈辈赖以维持生计的可靠工具。正如同父亲收藏的那些铁匠打制出的笨锁和鱼刀，那些造型自由简朴的民窑粗瓷，在它们身上同样有劳动着的男人的智慧和匠心。每一根擀面杖，每一把铁锁，都有一个与生计依依相关的故事。在“信息高速公路”时代，在物欲横流的今天，正是这些凡俗的生产工具、生活用具，能使我的精神沉着、专注，也使我能够找到离人心、离自然、离大智慧更近的路。

麻果记

大人在孩子面前一遍遍地重复着自己的故事，他们每次都能觉出故事的新鲜，却不顾记忆最好的还是眼前的孩子，由于那些故事被过多地重复，在孩子耳朵里，它们早已变成“从前有座山，山里有座庙”一样索然无味了。

也许所有的孩子都听过大人的重复，哥哥、姐姐、弟弟、妹妹，也许所有的大人都重复过自己，爷爷、奶奶、父亲、母亲。

由于爷爷奶奶的早逝，我没有听过爷爷奶奶的重复，却听过父亲重复过去的爷爷奶奶。我想象里的奶奶，总是一位少言寡语，站在灶台前做着麻果月饼的农村妇女。因为我小时，一个奶奶和麻果月饼的故事，父亲在我们耳边重复过无数遍，我竟然没有觉出它的乏味，每次听来还能以它展开新的联想。

父亲讲这故事，总是先从麻说起。这麻，是一种草本阔叶植物，分为柠麻和线麻，柠麻打绳，线麻捻线。麻是麻秸的皮，劈时要到河里去沤，沤时很臭，柠麻最臭。未曾沤过的麻杆十分有力，于是便有了麻杆打狼的典故。父亲讲时像个说书艺人，又像个植物学家，其实他与这两种职业都无关联，他是个画家。或许是他从小生在农村的缘故，讲起来才能使你身临其境。故事的开篇没什么听头，我听时也常盼它快过去。父亲讲麻主要是引出麻的果实——麻果，那是柠麻的果实。柠麻长得齐房高，叶呈桃圆形，碗样大。当一阵火星般的黄色小花撒向田地之后，麻果便出现了，麻果像一簇朝前的小酒杯，制服扣子般大小，“杯”口如一朵平面多瓣的花。瓣中嵌着乳白色的麻籽，剥开嚼嚼，有淡苦味儿，但清香。麻籽成熟后，由白变黑，“酒杯”炸开，它们被弹入大地，来年一齐破土而出。

于是中秋节，乡间女人总是采下一朵麻果，找来红色，用它点缀这天烤烙的月饼。这月饼的外形虽近似于真正的月饼，但远不具月饼的价值，它只是那些购不起月饼的人家的一种节日的替代，实则发面烧饼矣！如果多一点豆馅或枣泥，再以麻果作印，便是最好的替代了。

那时的我家，中秋时真正的月饼也有，但总是不能满足需求，这种供与求失调的解决办法，便是这填入枣泥、豆馅，钤以麻果印记的火烧的补充，这火烧的制作者即是奶奶。

父亲从来没有讲过他对这天月饼的记忆，在他的印象中这天最美的是下午那明丽的天空和乡村大道上那盛开的“老鸹喝喜酒”——一种藕荷色的小喇叭花。大概那是因为这时奶奶正在灶前劳作吧，又是因了这天下午那明丽的天空和路边那“老鸹喝喜酒”的盛开，使他执拗地认为，最好吃的不是细馅果子月饼，而是这钤有麻果印记的火烧。我常看到一个虎势的男孩一手举着火烧，跳过一棵棵的“老鸹喝喜酒”，在明丽的天空下奔跑，然后钻进一片杍麻地里找他的伙伴去海阔天空。我插队时，也没注意过这天下午的天空，感觉它明丽得就要溢出颜色，就要染蓝天边的大地，才意识到原来我和我们的冀中平原就是被这么好的天空所笼罩，也才忘掉手上因努力开掘这土地而打下的血泡。也只有这时，我才想起为什么不去找找那杍麻，那“老鸹喝喜酒”？但我没有成功过。我们那里也有麻，长得不到人高，几个尖尖的叶片像放大的枫叶，也不结麻果，果实是黍子模样的小颗粒。我想，这是线麻吧。但我们这里不用它捻线，我们有棉花，棉线纺出的绳子又白又长，妇女们坐在树凉里纳底子，把胳膊甩个半圆，甩过头顶。

我也问过村里的乡亲，关于“老鸹喝喜酒”，他们好像听到了什么稀罕，笑得一时喘不过气来。也许是这里没有麻果的缘故，这天人们也不烙火烧，有人只从城里买回由供销社一家垄断生产的，同一种样式的月饼，大人和孩子分吃。我们也相互着捎些回来，艰难地掰。

历史前进得毕竟太快了，转眼间我们的周围变成了另一个天地。当年我回家时进出市里的那条荒凉的城郊大道，现在已是商店林立。架上的服装款式大概是从前的几千倍，“雪碧”、“可乐”使你在那里目不暇接。

至于说到中秋时那月饼的盛况，你会觉得那简直成了生产厂家和顾客的共同奢侈了。谁也不曾料到，单只这么个圆饼就会有这么多名堂。那以馅作为标志的名称不仅是月饼南北大荟萃，也标志着传统和引进、物质和精神。“自来红”、“自来白”、“酥皮”、“提浆”已是司空见惯；“五仁”、“火腿”一听便是源于广粤；“黄油”、“改良”谁能听出引进的意味；“维生素E”、“钙奶”则宣布着过多的是“精神”。

每年我都要在这些月饼的风景里奔波一阵，为月饼而奢侈也像是一种传染吧。回到家里带着节前的风尘，一包包打开先为自己的选择沾沾自喜一阵，窃喜我购得了最新鲜的“酥皮”和“豆蓉”，窃喜今年的“火腿”是广州运来的……

那么这一年一度的月饼节，由于一年比一年豪华，过节时间的延续也越来越长了——你得吃呀。先是兴高采烈地吃，继而是无所谓地吃，然后是无可奈何地吃，直到最后该分配“消灭”了。然而总有一批不可消灭者要被扔掉的，扔时要看准时机，轻步掩面，避免落个浪费的罪名。

我家的月饼导致被扔，除了它的过剩之外，另一个原因大约是父亲对它们的过分冷落。他由于厌甜的口味，对月饼这东西总是给以贬义。在他看来，世上的月饼名称任千变万化地出新，也不过是糖加面，纵有几丝火腿、几粒果仁也早已淹没在这糖果之中。至于黄油，里面果真是吗？昂贵的洋果货若像豆油样地加进月饼，那价格肯定远非现在的月饼了。至于那些“精神”物质，又何必呢？还不如吃完月饼再吃个药片。

父亲的理论不无道理，然而我却觉得父亲对各路月饼的如此冷漠，还是基于他的麻果火烧。那麻果随着这天下午的天空在他脑海中总是要出现的，于是各路月饼就变得无奈了。虽然我也感受过这天下午天空的明丽，但我毕竟没有亲自尝过麻果火烧，甚至连杊麻都没有觅见过。

后来我无数次地进山，无数次地出省，总也不忘记去询问那杊麻，却总未得见。几年前，我们和我们这个城市的许多居民一样搬进了新居，告别了我在我的《没有纽扣的红衬衫》中描写过的那座“古堡幽灵”。那座楼曾被许多来找我的人念念不忘，不忘它的一团漆黑，不忘它的进入我家时需试探着脚步前进的路途。许多人都要撞在别人家的煤池或杂物上，如果你碰巧撞掉别人家几块砖，你还要尴尬着替人垒上，虽然你是楼上的一位高贵客人。

我家居住条件的改善，使我也有了一个属于自己的空间。我在自己的空间里起居、写作，有时也接待客人。这空间不大但我喜欢，喜欢它的安静和窗外那一片新鲜空气。写作疲劳时我可以投笔凭窗而望。眼中是一地肥硕的菜和侍弄它们的操着浓重乡音的农民，那声音就像我插队时听到的一样。在近处一短垣内，是为我们供暖的锅炉房，一个三角形的院子常堆着煤山。煤山常常压倒一些草本、木本的植物，有些被淹没了，有些仍在煤山那山底的边缘顽强地生长。要知道几年前这里还是一片凹凸不平的荒地，如今总要留下些“遗腹子”的。

一次我又凭窗而立时，却发现了意外，一簇阔叶植物正从煤山的边缘窜出来，几片碗大的桃形阔叶在逆光下显出格外的活泼，几朵火星般的小花就在黑颜色里闪烁。我凭着过人的视力还发现，它的枝杆分明有几个朝天的“酒杯”——呀，朽麻！我迅速跑下楼去，跑进这三角形的院子里，来到这麻的跟前。一点不错，房样高的枝杆、桃样的阔叶、火星般的花心、酒杯样的麻果。

我采下一个麻果，回家请父亲验证。父亲惊异地问我是从哪儿采摘下来的，我指给他说就在窗外，就在眼前。他说，这麻果刚长出，还柔软，里面连籽都不曾有，成熟变硬要到中秋节，现在还不到阴历七月。我说，今年中秋节咱们也烙麻果月饼吧。哪知父亲却显得冷漠了。他说，想想也罢了，真做出来你们倒不一定吃了，那不就是火烧么。

我不知父亲为什么一下子对麻果失去了兴致，他指的“你们”又是谁。也许是专指我，也许是一代人的泛指。他一定在想，为什么要拿这久远的想象来冲击眼前呢？难道父亲真的捋胳膊挽袖子为我们做下这火烧后，我担保就不去月饼风景里奔跑了吗？到头来被冷漠的或许还是这填了些豆和枣的面饼子，虽然它有我久觅不到的麻果做钤记，但我们也不再需要这东西来作补充。这时父亲的冷漠，也许是对他那热烈的想象的冷落吧。

然而，世间哪有不被冷落的热烈呢，热烈应该和想象同步才是。

让麻果永远是麻果吧！还有我未曾见面的“老鸹喝喜酒”。

母亲在公共汽车上的表现

这里要说的是我母亲在乘公共汽车时的一些表现，但我首先须交代一下我母亲的职业。

我母亲退休前是一名声乐教授。她对自己的职业是满意的，甚至可以说热爱。因此她一开始有点不知道怎样面对退休。她喜欢和她的学生在一起；喜欢听他们那半生不熟的声音是怎样在她日复一日的训练之中成熟、漂亮起来；喜欢那些经她培养考上国内最高音乐学府的学生假期里回来看望她；喜欢收到学生们的各种贺卡。当然，我母亲有时候也喜欢对学生发脾气。用我母亲的话说，她发脾气一般是由于他们练声时和处理一首歌时的“不认真”、“笨”。不过在我看来，我母亲对学生的发脾气稍显那么点儿煞有介事。我不曾得见我母亲在课堂上教学，有时候我能看见她在家中为学生上课。学生站着练唱，我母亲坐在钢琴前弹伴奏。当她对学生不满意时就开始发脾气。当她发脾气时就加大手下的力量，钢琴骤然间轰鸣起来，一下子就盖过了学生的嗓音。奇怪的是我从未被我母亲的这种“脾气”吓着过，只越发觉得她在这时不像教授，反倒更似一个坐在钢琴前随意使性子的孩童。这又何必呢，我暗笑着想。今非昔比，现在的年轻人谁会真在意你的脾气？但我观察我母亲的学生，他们还是惧怕他们这位徐老师（我母亲姓徐）。他们知道这正是徐老师在传授技艺时没有保留没有私心的一种忘我表现，他们服她。可是我母亲退休了。

记得退休之后的母亲曾经很郑重地对我说过，最好别告诉你的熟人和同事她的退休。我说退休了有什么不好，至少你不用每天挤公共汽车了，你不是常说就怕挤车吗，又累又乏又耗时间？我母亲冲我讪讪一笑，不否认她说过这话，可那神情又分明叫人觉出她对于挤车的某种留恋。

我母亲的工作和公共汽车关系密切，她一辈子乘公共汽车上下班。公共汽车连接了她的声乐事业，连接了她和教室和学生之间的所有活动，她生命的很多时光是在公共汽车上度过的。当然，公共汽车也使她几十年间饱受奔波之苦。在中国，我还没有听说过哪个城市乘公共汽车不用挤不用等不用赶。我们这座城市也一样。我母亲就在长年的盼车、赶车、等车的实践中摸索出了一套上车经验。有时候我和我母亲一道乘公共汽车，不管人多么拥挤，她总是能比较靠前地登上车去。她上了车，一边抢占座位(如果车上有座位的话)一边告诉我，挤车时一定要溜边儿，尽可能贴近车身，这样你就能被堆在车门口的人们顺利“拥”上车去。试想，对于一位年过 60 岁的妇女，这是一种多么危险的行为啊。我的确亲眼见过我母亲挤车时的危险动作：远远看见车来了，她定会迎着车头冲上去。这时车速虽慢但并无停下的意思，我母亲便会让过车头，贴车身极近地随车奔跑，当车终于停稳，她即能就近扒住车门一跃而上。她上去了，一边催促着仍在车下笨手笨脚的我——她替我着急；一边又有点居高临下的优越和得意——对于她在上车这件事上的比我机灵。她这种情态让我在一瞬间觉得，抱怨挤车和对自己能巧妙挤上车去的得意相比，我母亲是更看重后者的。她这种心态也使我们母女乘公共汽车的时候总仿佛不是母女同道，而是我被我母亲率领着上车。这种率领与被率领的关系使我母亲在汽车上总是显得比我忙乱而又主动。比方说，当她能够幸运地同时占住两个座位，而我又离她比较远时，她总是不顾近处站立的顾客的白眼，坚定不移地叫着我的小名要我去坐；比方说，当有一次我因高烧几天不退乘公共汽车去医院时，我母亲在车上竟然还动员乘客给我让座。但那次她的“动员”没有奏效，坐着的乘客并没有因我母亲声明我是个病人就给我让座。不错，我因发烧的确有点红头涨脸，但这也可能被人看成是红光满面。人们为什么要给一个年轻力壮而又红光满面的人让座呢？那时我站着，脸更红了，心中恼火着我母亲的“多事”，并由近而远地回忆着我母亲在汽车上下的种种表现。当车子渐空，已有许多空位可供我坐时，我仍赌气似的站着，仿佛就因为我母亲太看重座位，我便愈要对空座位显出些不屑。

近几年来，我们城市的公共交通状况逐渐得到了缓解，可我母亲在乘公共汽车时仍是固执地使用她多年练就的上车法：即使车站只有我们两人，她也一定要先追随尚未停稳的车子跑上几步，然后贴门而上。她制造的这种惊险每每令我头晕，我不止一次地提醒她不必这样，万一她被车刮倒了呢，万一她在奔跑中扭了腿脚呢？我知道我这提醒的无用，因为下一次我母亲照旧。每逢这时我便有意离我母亲远远的，在汽车上我故意不和她站在（或坐在）一起。我遥望着我的母亲，看她在找到一个座位之后是那么的心满意足。我母亲也遥望着我，她张张嘴显然又要提醒我眼观六路留神座位，但我那拒绝的表情又让她生出些许胆怯。我遥望着我的母亲，遥望她面对我时的“胆怯”，忽然觉得我母亲练就的所有“惊险动作”其实和我的童年、少年时代都有关联。在我童年、少年的印象里，我母亲就总是拥挤在各种各样的队伍里，盼望、等待、追赶……拥挤着别人也被别人拥挤：年节时买猪肉、鸡蛋、粉条、豆腐的队伍；凭票证买月饼、火柴、洗衣粉的队伍；定量食油和定量富强粉的队伍;买火车票长途汽车票的队伍……每一样物品在那个年月都是极其珍贵的,每一支队伍都可能因那珍贵物品的突然售完而宣告解散。我母亲这一代人就在这样的队伍里和这样的等待里练就着常人不解的“本领”而且欲罢不能。

我渐渐开始理解我母亲不再领受挤车之苦形成的那种失落心境,我知道等待公共汽车挤上公共汽车其实早已是她声乐教学事业的一部分。她看重这个把家和事业连接在一起的环节,并且由此还乐意让她的孩子领受她在车上给予的“庇护”。那似乎成了她的一项“专利”,就像在从前的岁月里,她曾为她的孩子她的家,无数次地排在长长的队伍里,拥挤在嘈杂的人群里等待各种食品、日用品一样。

不久之后,我母亲同时受聘于两所大学继续教授声乐。她显得很兴奋,因为她又可以和学生们在一起了,又可以敲着琴键对她的学生发脾气了,她也可以继续她的挤车运动了。我不想再指责我母亲自造的这种惊险,我知道有句老话叫做“江山易改,禀性难移”。

可是,对于挤公共汽车的“爱好”,难道真能说是我母亲的禀性吗?

城市的客厅*

我所居住的城市，总是种花不见花，种草不见草。花开了被人掐了；草种上就旱死了，被当做羊和兔的饲料割了。种草时节，我常常看见园林工人从卡车上卸下昂贵的草皮铺在路边，铺在大大小小的街心花园。然而草的命运仍如从前，居民们一次次企盼，企盼又一次次落空。好像连园林工人对这个城市能够绿起来也失去了信心。

我的楼前就有一小片建楼时被遗忘的残砖碎瓦，白灰和黄沙，一年、两年地铺陈在那里。春天的干风、夏日的暴雨、严冬的积雪，使它们变得更加狼藉。人们想绕着走却绕不过，鞋底沾满黄土、沙粒，进楼时脚在楼门口的水泥地面上用力搓，和邻里一起抱怨着：这土，这沙子，这白灰。搓一阵，抱怨一阵，走进家来照样踩脏地板，桌椅和阳台上照样蒙着细灰尘。那片瓦砾只给人带来了怨天尤人的烦躁和一脸怒气，隔断了人们在平和心境下的正常交流。人们盼着这块地方绿起来。我常想，那些绿色的大小花园便是一个城市的大小客厅吧，很少有人坐在舒适的客厅里面带怒气。

有一年楼前的碎砖烂瓦终于被清除了，光秃秃的黄土地植上

---

* 本文入选《新高中综合中国语文试卷库》，香港培生教育出版亚洲有限公司2010年版。

了草皮，撒下了花籽。当年草皮就遮盖了地面，园中还盛开了月季、串儿红、人面花。碧绿茁壮的松墙将花园圈住，几株龙盘槐错落其间，像一把把绿色的伞，为人挡雨，也为人蔽日。总之，它变成了一个居民小区内地道的街心花园。

花园引来了邻里们：清晨有练“形神桩”的老人；傍晚有散步的夫妻；母亲抱着婴儿在阳光下喂奶；夜深了，还有在这里拼命背书的高考生。人们在这里相遇、相识，不再抱怨这土、这沙子、这白灰，人们互相询问着孩子的健康，探讨“形神桩”与老年迪斯科健身的功效，甚至连说起物价一涨再涨也不那么一脸怒气了。有时即使你最心爱的猫跑丢了你心急火燎去花园找猫，你的“猫事”也会得到许多人的关心。孩子们会勇敢地替你钻进刺人的松墙抱出猫，比你还兴奋地把猫交给你。你和你的猫都与周围的人相识了，人们夸着你的猫，你感激人们对猫的夸。虽然你没有意识到你们的相识是靠了这小小的花园、这小小的客厅，可没有它便不会有这相识，那时连你的猫也不会平白无故受到那片碎砖烂瓦的吸引。

花和草的长成，客厅的出现，也并非轻而易举——这城市原本是种花不见花，种草不见草。说得确切点，这花园的凸显是靠了一位半是雇用、半是义务负责的退休老工人。从刚种下的草皮尚在萎靡不振时，从花籽撒入黄土尚在无声无息时，老师傅便在园中守候了。他守护着花草如同守护自己的儿女，连一日三餐也在花园里吃。他很看重自己的这份守护，他那超乎常人的责任心使人觉得他古老又令人起敬。

然而，习惯成自然。一个城市的习性如同一个人的习性。月季花枝还是被人偷偷剪去插入自家花盆；还有人把串儿红举在手里逗孩子；草皮又秃了，也许是被谁连根挖走种进了自家小院。纵然老人在园中立下牌子，牌子上申明罚款的规矩，老人也总有回家打盹儿的时候。

老人决心来个“杀一儆百”，决心亲手抓住一个折花人示众。后来他终于在夜间抓住了一个，她是我对门的一位女画家。当她打着手电筒在午夜剪下一簇月季时，他攥住了她的手腕。他们吵起来，吵声惊醒了不少居民。

他要她赔款，要她照牌子上写的数目赔。她辩解说，她不是有意要偷，而是职业的需要她要画(花)。

老人风趣地说：“画，画什么，是不是画张小孩偷花？”

人们在深夜大笑起来。

画家不笑，她只对老人说：“画花，不是画小孩偷花。”

“画花干什么？”老人问。

“为了看。”画家说。

“给谁看？”老人问。

“给大家看。”

“让大家都到你家去看，你家客厅盛得下这么多人？”

“可以到展览会上看。”

“花钱不？”

“当然得买门票。”画家说。

“哎，我要的就是这句话。”老人说，“看假花买门票，掐真花不挨罚，行吗？”

“就四朵。”画家说。

“一朵五元，四朵二十元。你识字，有牌子。”老人说。

“非二十元不可？”画家问。

“按牌子办事。”老人说。

“又不是您家的花园。”画家说。

“你说是谁家的？”老人问。

“我说是大家的。”画家说。

“我说是你的。”老人说。

“您可真有意思。”画家说。

“你才有意思。”老人说。

“您比我有意思。”

“我不如你有意思！”

听的人笑得更开心。赔款照老工人的规定罚了。

我从来没与女画家交流过对那次赔款事件的看法，只是不断注意起牌子上的规定，有时觉得它合理，有时觉得它过于苛刻。想到画家是我的朋友，便觉得那规定苛刻；想到人们需要这绿的客厅又觉得它合理。我愿意相信老工人那番关于花园属于谁的话，我想这花园属于大家更属于我，正如同我家的客厅属于我。你忍心糟蹋你客厅里的花卉、毁坏你客厅里的摆设吗？

在北欧我曾置身于世界最有名的森林绿地，那里的游人即使单个独处，也不忍将哪怕是一张小小的糖纸胡乱抛置。那样的氛围常常提醒你：那里的一切都与人相依相偎，它是你的。我属于世界，世界是我的；我属于河流，河流是我的；我属于海洋，海洋是我的；每一棵参天的古树，每一株纤弱的嫩草，它们是我的，是我生命的一部分，我爱它们如同爱着我的生命，它们又给了我长于生命本身的快乐。

小花园的花枝不再被人剪掉了，园中那生硬的牌子也不见了，许久没见过那位守护老人了，然而他毕竟为花园创造了一种氛围。在我们城市一角的这间小客厅里，他使人学会了这样想：这客厅是我的。

闲话做人*

在我所熟悉的一条著名峡谷里，很有些吸引游客的景观：有溶洞，有天桥，有惊险的“老虎嘴”，有平坦的“情侣石”，有粉红的海棠花，有蜇人的蝎子草，还有伴人照相的狗。

狗们都很英俊，出身未必名贵，但上相，黄色卷毛者居多。狗脖子里拴着绸子、铃铛什么的，有颜色又有响声，被训练得善解人意且颇有涵养，可随游客的愿望而作出一些姿势。比如游客拍照时要求狗与之亲热些，狗便抬爪搀住游客胳膊并将狗头歪向游客；比如游客希望狗恭顺些，狗便卧在游客脚前做俯首帖耳状。狗们日复一日地重复着亲热和恭顺，久而久之它们的恭顺里就带上了几分因娴熟而生的油滑，它们的亲热里就带上了几分因疲惫而生的木然。当镜头已对准它与它的合作者——游客，而快门即将按动时，就保不准狗会张开狗嘴打一个大而乏的哈欠。有游客怜惜道：“看把这些狗累的。”便另有游客道：“什么东西跟人在一块儿待长了也累。”

如此说，最累的莫过于做人。做人累，这累甚至于牵连了不谙人事的狗。又有人说，做人累就累在多一条会说话的舌头。不能说这话毫无道理：想想我们由小到大，谁不是在听着各式各样的

---

* 本文入选中学语文教材参考资料《取法美文写佳作》，现代教育出版社 2012 年版。

舌头对我们各式各样的说法中一岁岁地长起来？少年时你若经常沉默不语，定有人会说这孩子怕是有些呆傻；你若活泼好动，定有人会说这孩子打小就这么疯，长大还得了吗？你若表示礼貌逢人便打招呼，说不定有人说你会来事儿；你若见人躲着走说不定就有人断言你干了什么不光彩的事。你长大了，长到了自立谋生的年龄，你谋得一份工作一心想努力干下去，你抢着为办公室打开水就可能有人说你是为了提升；你为工作给领导出谋献策，就可能有人说你会显摆自己能。遇见两位熟人闹别扭你去劝阻，可能有人说你和稀泥，若你直言哪位同事工作中的差错，还得有人说你冒充明白人。你受了表扬喜形于色便有人说你肤浅，你受了表扬面容平静便有人说你故作深沉。开会时话多了可能是热衷于表现自己，开会时不说话必然是诱敌出动城府太深。适逢激动人心的场面你眼含热泪可能是装腔作势，适逢激动人心的场面你没有热泪就肯定是冷酷的心。你赞美别人是天生爱奉承，你从不赞美别人是目空一切以我为中心。你笑多了是轻薄，你不笑八成有人就说整天像谁欠着你二百吊钱。你尽可能宽容、友善地对待大家，不刻薄也不委琐，不轻浮也不深沉，不瞎施奉承也不目空一切，不表现自己也不城府太深，不和稀泥也不冒充明白人。遇事多替他人着想，有一点儿委屈就自己兜着让时光冲淡委屈带给你的不悦的一瞬。你盼望人与人之间多些理解，健康、文明的气息应该在文明的时代充溢，豁达、明快的心地应该属于每一个崇尚现代文明的人。但你千万不要以为如此旁人便挑不出毛病便没有舌头给你下定语，这时有舌头会说你“会做人”。

从字面上看，“会做人”三个字无褒义也无贬义，生活中它却是人们用多了用惯了用省事儿了的一个对人略带贬义的概括。甚至于有人特别害怕别人说他会做人，当自己被说成“真不会做人”时倒能生出几分自得。好像会做人不那么体面，不会做人反倒成了响亮堂皇的人生准则。细究起来这种说法至少有它不太科学的一面：若说“会做人”是指圆滑乖巧凡事不得罪人，这未免对“人”的本身存有太大偏见，人在人的眼中就是这样？那么“不会做人”做的又是什么呢？若是以“葡萄是酸的”之心态道一声“咱们可不如人家会做人”，以此来张扬自己的直正，也未免有那么点幼稚的自我欣赏，更何况用“不会做人”来褒扬真正的品德本身就含有对人的大不敬。

记得有位著名美国作家在给他亲友的信中写道：“我的确如你所言成了一个名作家，但我还没有成长为一个人。”此话曾给我极大震动，使我相信学会做一个人本是人生一件庄严的事情。这里所讲的做人并非指曲意逢迎他人以求安宁稳妥，遇事推诿不负责任以求从容潇洒；既不是唯唯诺诺，也不是有意与他人别扭。正如同攻击有时不是勇敢，沉默也并不意味着懦弱。真正的做人其实是灵魂和筋肉直面世界的一种冶炼，是它们历经了无数喜乐哀伤、疲累苦痛之后收获的一种无畏无惧、自信自尊、踏实明净的人生态度。那时你不会因自己的些许进步兴奋得难以自制，也不会因他人的某项成功痛苦得彻夜难眠。真正的做人当然还包括着在正直前提下人际关系的良好与融洽，卡耐基就说过他事业的成功百分之七十是靠了良好的人际关系。当你真正获得了如此做人境界，“累”又从何而来呢？若说学会做人太累，那么生为人身偏有意不去做人不是更累吗？若说做人累就累在舌头上（这包括了听别人舌头的自由转动和我们自己舌头的自由转动），我倒同意伊索对舌头的评价，他说世界上最好的东西是舌头，最坏的东西也是舌头。这位智者还无奈地说就是上帝也无法拴住人的舌头。舌头的功能已有定论，似舌头们的议论这等区区小累又何足挂齿呢。

所以我要说，不管这世上存在着多少拴不住的舌头(包括本人的一条)，不管做人有着怎样的困苦艰辛，学会做人将永远是我一个美丽的愿望。世界上最坏的东西是人，最好的东西也是人呵！我太愿意做人了，从未设想过去做人以外的其他什么。

我相信就是怜悯狗之累的那几位游人，恐怕也不会有抛弃人类的向往。当我们把思绪和注意力从市面流行的以“会做人”与“不会做人”来区分人之优劣、从舌头是好还是坏为题的不休争论中超脱出来，人类一定会更加健康地成长，我们的舌头和我们的心一定会因充盈了更多有价值的事情而生机盎然。

想象胡同

少年时，由于父母去遥远的“五七”干校劳动，我被送至外婆家寄居，做了几年北京胡同里的孩子。

外婆家的胡同地处北京西城，胡同不长，有几个死弯。外婆的四合院是一所坐北朝南的两进院子，院落不算宽敞，院门的构造却规矩齐全，大约属屋宇式院门里的中型如意门。门框上方雕着“福”、“寿”的门簪，垂吊在门扇上用做敲门之用的黄铜门钹，以及迎门的青砖影壁和大门两侧各占一边的石头“抱鼓”，都有。或者，厚重的黑漆门扇上还镌刻着“总集福荫，备致嘉祥”之类的对联吧。只是当我作为寄居者走进这两扇黑漆大门时，门上的对联已换作了红纸黑字的“四海翻腾云水怒，五洲震荡风雷激”。

这样的对联，为当时的胡同增添着激荡的气氛。而在从前，在我更小的时候来外婆家做客，胡同里是安详的。那时所有的院门都关闭着，人们在自家的院子里，在自家的树下过着自家的生活。外婆的院里就有四棵大树，两棵矮的是丁香，两棵高的是枣树。五月里，丁香会喷出一院子雪白的芬芳；到了秋日，在寂静的中午我常常听见树上沉实的枣子落在青砖地上溅起的“噗噗”声。那时我便箭一般地蹿出屋门，去寻找那些落地的大枣。

偶尔，有院门开了，那多半是哪家的女主人出门买菜或者买菜回来。她们用一小块木纸包着的一小堆肉馅儿托在手中，或者是一小块报纸裹着的一小绺韭菜，于是胡同里就有了谦和热情、啰嗦而又不失利落的对话。说她们啰嗦,是因为那对话中总有无数个"您慢走"、"您有工夫过来"、"瞧您还惦记着"、"您哪……"等等等等。外婆隔壁院里有位旗人大妈,说话时礼儿就更多。说她们利落,是因为她们在对话中又很善于把句子简化,比如:

"春生来雪里蕻啦。"

"笔管儿有猫鱼。"

"春生"是指胡同北口的春生副食店,"笔管儿"是指挨着胡同西口的笔管胡同副食店。猫鱼是商店专为养猫人家准备的小杂鱼,一毛钱一堆,够两只猫吃两天。为了"春生"的雪里蕻和"笔管儿"的猫鱼,这一阵小小的欢腾不时为胡同增添着难以置信的快乐与祥和。她们心领神会着这简约的词汇再道些"您呐、您呐",或分手,或一起去北口的"春生",西口的"笔管儿"。

当我成为外婆家长住的小客人之后,也曾无数次地去"春生"买雪里蕻,去"笔管儿"买猫鱼,剩下零钱还可以买果丹皮和粽子糖。我也学会了说"春生"和"笔管儿",才觉得自己真正被这条胡同所接纳。

后来,胡同更加激荡起来,这样啰嗦而利落的对话不见了。不久,又有规定让各家院门必须敞开,说若不敞开院中必有阴谋,晚上只在规定时间门方可关上。外婆的黑漆大门冲着胡同也敞开了,使人觉得这院子终日在众目睽睽之下。

那时,外婆院子的西屋住着一对没有子女的中年夫妇——崔先生和崔太太。崔先生是一个傲慢的孤僻男人,早年曾经留学日本,现任某自动化研究所的高级工程师。夫妇二人过得平和,都直呼着对方的名字,相敬如宾。有一天忽然有人从敞开的院门冲入院子抓走了崔先生,从此十年无消息。而崔太太就在那天夜里疯了,可能属于幻听症。她说她听到的所有声音都是在骂她,于是她开始逃离这个四合院和这条胡同，胳膊上常挎着一只印花小包袱，鬼使神差似的。听人说那包袱里还有黄金。她一次次地逃跑，一次次地被街道的干部大妈抓回。街道干部们传递着情况说：

“您是在哪儿瞧见她的?”

“在‘春生’，她正掏钱买烟呢，让我一把就攥住了她的手腕儿……”

或者：

“她刚出‘笔管儿’，让我发现了。”

拎着酱油瓶子的我，就在“春生”见过这样的场面——崔太太被人抓住了手腕儿。

对于崔太太，按辈分我该称她崔姥姥的，这本是一个个子偏高、鼻头有些发红的干净女人。我看着她们扭着她的胳膊把她押回院子锁进西屋，还派专人看守。我曾经站在院里的枣树下希望崔太太逃跑成功，她是多么不该在离胡同那么近的“春生”买烟啊。不久崔太太因肺病死在了西屋，死时，偏高的身子缩得很短。

这一切，我总觉着和院门的敞开有关。

十几年之后胡同又恢复了平静，那些院门又关闭起来，人们在自己的院子里做着自己的事情。当长大成人的我再次走进外婆的四合院时，我得知崔先生已回到院中。但回家之后砸开西屋的锈锁他也疯了：他常常头戴白色法国盔，穿一身笔挺的黑呢中山装，手持一根楠木拐杖在胡同里游走、演说。并且他在两边的太阳穴上各贴一枚图钉(当然是无尖的)，以增强脸上的恐怖。我没有听过他的演说，目击者都说，那是他模拟出的施政演说。除了做演说，他还特别喜欢在貌似悠然的行走中猛地回转身，将走在他身后的人吓那么一跳。之后，又没事人似的转过身去，继续他悠然的行走。

我曾经在夏日里一个安静的中午，穿过胡同向大街走，恰巧走在头戴法国盔的崔先生之后，便想着崔先生是否要猛然回身了。在幽深狭窄、街门紧闭的胡同里，这种猛然回身确能给后面的人以惊吓的。果然，就在我走近"笔管儿"时，离我仅两米之遥的崔先生来了一个猛然回身，于是我看见了一张黄白的略显浮肿的脸。可他并不看我，眼光绕过我，却使劲儿朝我的身后望去。那时我身后并无他人，只有我们的胡同和我们共同居住的那个院子。崔先生望了片刻便又返回身继续往前走了。

以后我再也没有见过崔先生，只不断听到关于他的一些花絮。比如，由于他的"施政演说"，他再次失踪又再次出现；比如，他曾得过一笔数额不小的补发工资，又被他一个京郊侄子骗去……

出人意料的是，当时我却没有受到崔先生的惊吓，只觉得那时崔先生的眼神是刹那的欣喜和欣喜之后的疑惑。他旁若无人地欣喜着自己只是向后看，然后便又疑惑着自己再转身朝前。

许多年过后，我仍然能清楚地回忆起崔先生那疾走乍停、猛向后看的神态，我也终于猜到了他驻步的缘由，那是他听见了崔太太对他那直呼其名的呼唤了吧？院门开了，崔太太站在门口告诉他，若去"笔管儿"，就顺便买些猫鱼回来。然而，崔先生很快又否定了自己，带着要演说的抱负朝前走去。

共享好时光

我记事以来的第一个女朋友，是保姆奶奶的一位邻居，我叫她大荣姨。

那时候我3岁，生活在北京。大荣姨是个中学生，有一张圆脸，两只细长眼睛，鼻梁两侧生些雀斑。我不讨厌她，她也特别喜欢我，经常在中午来到保姆奶奶家，自愿哄我睡午觉，同时还给我讲些啰嗦而又漫长的故事，也不顾我是否听得懂。那些故事全被我遗忘了，至今只记得有个故事中的一句话："他走到了一个十字路口……"什么叫狮子路口呀？3岁的我竭力猜测着：一定是那个路口有狮子。狮子我是见过的，父母抱我去过动物园的狮虎山。但我从未向大荣姨证实过我的猜测，因为每当她讲到"十字路口"时，我就快睡着了。梦中也没有狮子，倒常常出现大荣姨那张快乐的圆脸。

我弄懂"十字路口"这个词的含义是念小学以后的事。在上学、放学的路上，每当我和同学们走到十字路口，便会想起大荣姨故事中的那句话。真是的，3岁时我连十字路口都不明白。我站在十字路口，心中笑话自己。这时我已随父母离开了北京，离开了我的保姆奶奶和大荣姨。但我仍然愿意在假期里去北京看望她们。

小学二年级的暑假里，我去北京看望了保姆奶奶和大荣姨。奶奶添了不少白头发，大荣姨是个地道的大人了，在副食店里卖酱油——这使我略微有点儿失望。我总以为，一个会讲“十字路口”的人不一定非卖酱油不可。但是大荣姨却像从前一样快乐，我和奶奶去她家时，见她正坐在一只马扎上编网兜，用红色透明的玻璃丝。她问我喜欢不喜欢这种网兜，并告诉我，这是专门装语录本用的。北京的女孩子，很多人都在为语录本编织小网兜，然后斜背在身上，或游行，或开会，很帅，正时兴呢。

那时的中国，已经到了人手一册《毛主席语录》的时期，我也拥有巴掌大的一本，觉得若是配以红玻璃丝网兜背在肩上，一定非比寻常。现在想来，我那时的心态，正如同今日女孩子们渴盼一条新奇的裙子或一双时髦的运动鞋那般焦灼了。我请大荣姨立刻给我编一个小网兜，大荣姨却说编完手下这个才能给我编，因为手下这个也是旁人求她的，那求她的人就在她的家里坐等。

我环顾四周，这才发现在不远处的一把椅子上，坐着一位和我年纪相仿的女孩子。大荣姨手中的这件半成品，便是她的了。

这使我有点别扭。不知为什么，此刻我很想在这个女孩子面前显示我和大荣姨之间的亲密，用现在的话讲，就是显示我们的“够哥儿们”。我说：“先给我编吧。”“那可不行。”大荣姨头也不抬。

“为什么不行？”

“因为别人先求了我呀。”

“那你还是我的大荣姨呢。”

“所以不能先给你编。”

“就得先给我编。”我口气强硬起来，心里却忽然有些沉不住气。

大荣姨也有点冒火的样子，又说了一个“不行”，就不再理我的茬儿了。

看来她是真的不打算先给我编，但这已不是最重要的。重要的是这使我在那陌生女孩子跟前出了丑，这还算朋友吗？我嘟嘟囔囔地出了大荣姨的家，很有些悲愤欲绝，并一再想着，其实那小网兜用来装语录本，也不一定好看。

第二天早晨，当我一觉醒来，发现枕边有一只崭新的玻璃丝网兜，那网兜的大小，恰好可装一本64开的《毛主席语录》。保姆奶奶告诉我，这是大荣姨连夜给我编的，早晨送过来就上班去了。我噘着嘴不说话，奶奶说我不懂事，说凡事要讲个先来后到，自家人不该和外人“矫情”。

那么，我是大荣姨的“自家人”了，我们是朋友。因为是朋友，她才会断然拒绝我那“走后门”式的请求。

我把那只小网兜保存了很多年，直到它老化得又硬又脆时。虽然因为地理位置，因为局势和其他，我再也未曾和大荣姨见过面，但我们共度的美好时光却使我难以忘怀。什么时候能够再次听到朋友对你说“那可不行”呢？敢于直面你的请求并且说“不行”的朋友，往往更加值得我们珍惜。

打那以后，直至我长大成人，便总是有意躲避那些内容空洞的“亲热”和形态夸张的“友好”。每每觉得，很多人在这亲密的外壳中疲惫不堪地劳累着，你敢于为了说一个真实的“不”而去破坏这状态吗？在人们小心翼翼的疲惫中，远离我们而去的，恰是友谊的真谛。

我想起那年夏季在挪威，随我的丹麦朋友易德波一道去看她丈夫的妹妹。这位妹妹家住在易卜生的故乡斯凯恩附近，经营着一个小农场。正是夕阳普照的时刻，当我们的车子停在农场主的红房子跟前时，易德波的小姑首先迎了出来。那是一位有着深栗色头发的年轻妇女，身穿宽松的素色衣裙。这时易德波也从车上缓缓下来，向她的小姑走去。我以为她们会快步跑到一起拥抱，寒喧地热闹一阵，因为她们不常见面，况且易德波又带来了我这样一个外国人。但是姑嫂二人都没有奔跑，她们只是彼此微笑着走近，在相距两米左右站住了。然后她们都抱起胳膊肘，面对面地望着，宁静、从容地交谈起来，似乎是上午才碰过面的两个熟人。橙红色的太阳笼罩着绿的草地、红的房子和农场的白色围栏，笼罩着两个北欧女人沉实、健壮的身躯，世界显得异常温馨和美。

那是一个令我感动的时刻，使我相信这对姑嫂是一对朋友。拉开距离从容交谈，不是比紧抱在一起夸张地呼喊更真实吗？拉开了距离彼此才会看清对方的脸，彼此才会静心享受世界的美好。

一位诗人告诉我，当你去别人家做客时，给你摆出糖果的若是朋友，为你端上一杯白开水的便是至交了。只有白开水的清淡和平凡，才能使友人之间无所旁顾地共享好时光。

每当我结识一个新朋友，总是不由自主地想起卖酱油的大荣姨和那一对北欧的姑嫂，只觉得能够享受到友人直率的拒绝和真切的清淡，实在是人生一种美妙的时光。

面包祭

你的脑子有时像一团漂浮不定的云，有时又像一块冥顽不化的岩石。你却要去追赶你的漂浮，锛凿你的冥顽。你的成功大多在半信半疑中，这实在应该感谢你冥顽不化、颠扑不灭的漂浮，还有相应的机遇和必要的狡黠。

于是，你突然会讲一口流利的外语了，你突然会游泳了，你突然会应酬了，你突然会烤面包了。

我父亲从干校回来，总说他是靠了一个偶然的机遇：庐山又开了一个什么会，陈伯达也倒了，影响到当时中国的一个方面，干校乱了，探亲的、托病的、照顾儿女的……他们大多一去不复返，慢慢干校便把他们忘了。父亲的脱离干校是托病，那时他真有病，在干校得了一种叫做阵发性心房纤颤的病，犯起来心脏乱跳，心电图上显示着心律的绝对不规律。父亲的回家使我和妹妹也从外地亲戚家回到了他身边，那年我 13 岁，妹妹 6 岁。母亲像是作为我家的抵押仍被留在干校。

那时的父亲是个安分的人，又是个不安分的人。在大风大浪中他竭力使自己安分些，这使得军宣队、工宣队找他谈话时总是说“像你这样有修养的人”、“像你这种有身份的人”当如何如何，话里有褒也有贬。但因了他的安分，他到底没有受到大的磕碰。关于他的大字报倒是有过，他说那是因为有人看上了他那个位置，其实那位置只是一家省级剧院的舞美设计兼代理队长。于是便有人在大字报上说他不姓铁，姓“修”，根据是他有一辆苏联自行车，一台苏联收音机，一只苏联闹钟，一块苏联手表。为了证明存在的真实性，大字报连这四种东西的牌子都作了公布，它们依次是：“吉勒”、“东方”、“和平”、“基洛夫”。

“也怪了。”事后父亲对我说，“不知为什么那么巧，还真都是苏联的。”

这大字报震动不大，对他便又有了更具分量的轰炸。又有大字报说：干校有个不到40岁的国民党党员，挖出来准能把人吓一跳，因为“此人平时装得极有身份”。大字报没有指名道姓，父亲也没在意。下边却有人提醒他了：“老铁，你得注意点儿，那大字报有所指。”父亲这才感到一阵紧张。但他并不害怕，因为他虽有四件“苏修”货却和国民党不沾边。当又有人在会上借那大字报旁敲侧击时，他火了，说：“我见过日本鬼子见过伪军，就是没见过国民党。”他确实没见过国民党，他生在农村，日本投降后老家便是解放区了。鬼子伪军他见过，可那时他是儿童团长。

大字报风波过去了，父亲便又安分起来。后来他请病假长期不归也无人问津，或许也和他给人的安分印象有关。

父亲把我们接回家，带着心房纤颤的毛病，却变得不安分起来：他刷房，装台灯，做柜子，刨案板，翻旧书旧画报，还研制面包。

面包那时对于人是多么的高不可攀。这高不可攀是指人在精神上对它的不可企及，因此这研制就带出了几分鬼祟色彩，如同你正在向资产阶级一步步靠近。许多年后我像个记者一样问父亲：“当时您的研制契机是什么？”

“这很难说。一种向往吧。”他说。

“那么，您有没有理论或实践根据？比如说您烙饼，您一定见过别人烙饼。”

"没有。"

"那么您是纯属空想?"

"纯属空想。"

"您为什么单选择了面包?"

"它能使你有一种莫名其妙的冲动。"

父亲比着蜂窝煤炉盘的大小做了一个有门、门内有抽屉的铁盒子,然后把这盒子扣在炉上烧一阵,挖块蒸馒头的自然发酵面团放进抽屉里烤,我们都以为这便是面包了。父亲、我和妹妹三人都蹲在炉前等着面包的出炉,脸被烤得通红。父亲不时用身子挡住我们的视线拉开抽屉看看,想给我们个出其不意。我和妹妹看不见这正被烘烤着的面团,只能重视父亲的表情。但他的表情是暧昧的,只煞有介事地不住看表——他的"基洛夫"。半天,这面包不得不出炉了,我和妹妹一阵兴奋。然而父亲却显不出兴奋,显然他早已窥见了那个被烤得又煳又硬的黑面团。掰开闻闻,一股醋酸味儿扑鼻而来。他讪讪地笑着,告诉我们那是因为炉子的温度不够,面团在里边烘烤得太久的缘故。妹妹似懂非懂地拿起火筷子敲着那铁盒子说:"这炉子?"父亲不让她敲,说,他还得改进。过后他在那盒子里糊了很厚一层黄泥说:"没看见吗?街上烤白薯的炉里都有泥,为了增加温度。"再烤时,泥被烤下来,掉在铁抽屉里。

后来他扔掉那盒子便画起图来。他画了一个新烤炉,立面、剖面都有,标上严格的尺寸,标上铁板所需的厚度。他会画图,布景设计师都要把自己的设计构想画成气氛图和制作图。他画成后便骑上他的"吉勒"沿街去找小炉匠,后来一个小炉匠接了这份活儿,为他打制了一个新炉子。新烤炉被扣在火炉上,父亲又撕块面团放进去。我和妹妹再观察他的表情时,他似有把握地说:"嗯,差不多。"

面包出炉了，颜色真有点像，这足够我们欢腾一阵了。父亲嘘着气把这个尚在烫手的热面团掰开，显然他又遇到了麻烦——他掰得很困难。但他还是各分一块给我们，自己也留一块放在嘴里嚼嚼说："怎么？烤馒头味儿。"我和妹妹都嘎嘎嚼着那层又厚又脆的硬皮，只觉得很香，但不像面包。我们也不说话。

后来父亲消沉了好一阵，整天翻他的旧书旧画报，炉子被搁置门后，上面扔着白菜土豆。

一次，他翻出一本《苏联妇女》对我说："看，面包。"我看到一面挂着花窗帘的窗户，窗前是一张阔大的餐桌。桌上有酒杯，有鲜花，有摆得好看的菜肴，还有一盘排列整齐的面包。和父亲烤出的面包相比，我感到它们格外的蓬松、柔软。

也许是由于画报上面包的诱发，第二天父亲从商店里买回几个又干又黑的圆面包。那时，我们这个城市有家被称做"一食品"的食品厂，生产这种被称做面包的面包。不过它到底有别于馒头的味道。我们分吃着，议论、分析着面包为什么称其为面包，我们都发言。

那次的议论使父亲突然想起一位老家的表叔。20 世纪 40 年代，这表叔在一个乡间教堂里，曾给一位瑞典牧师做过厨师，后来这牧师回了瑞典，表叔便做起了农民。父亲专程找到了他，但据表叔说，这位北欧传道者对面包很不注重，平时只吃些土豆蘸盐。表叔回忆了他对面包的制作，听来也属于烤馒头之类。这还不是父亲的追求。从表叔那里他只带回半本西餐食谱，另外半本被表叔的老伴铰了鞋样。面包部分还在，但制作方法却写得漫无边际，比如书中指出：发面时需要"干酵母粉一杯"。且不说这杯到底意味着多大的容积，单说那干酵母粉，当时对于一个中国家庭来说大概就如同原子对撞，如同摇滚音乐，如同皮尔·卡丹吧？再说那书翻译之原始，还把“三明治”翻作“萨贵赤”。

一天，父亲终于又从外面带回了新的兴奋。他进门就高喊着说：“知道了，知道了，面包发酵得用酒花，和蒸馒头根本不是一回事。真是的。”我听着酒花这个奇怪的名字问他那是一种什么东西，他说他也没有见过。想了想他又说：“大概像中药吧。”我问他是从哪里听说的。他说，他在汽车站等汽车，听见两个中年妇女在聊天，一个问一个说，多年不见了，现时在哪儿上班；另一个回答在“一食品”面包车间。后来父亲便和这个“一食品”的女工聊起来。

那天，酒花使父亲一夜没睡好。第二天他便远征那个“一食品”找到了那东西。当然，平白无故从一个厂家挖掘原料是要费一番周折的。为此他狡黠地隐瞒了自己这诡秘而寒酸的事业，只说找这酒花是为了配药，这便是其中的一味。有人在旁边云山雾罩地帮些倒忙，说这是从新疆“进口”的，以示它购进之不易。但父亲总算圆满了起初就把这东西作为药材的想象。

“很贵呢。”他举着一个中药包大小的纸包给我看，“就这一点，六块钱。”

那天他还妄图参观“一食品”的面包车间，但被谢绝了，那时包括面包在内的糕点制作似都具有一定的保密性。幸好那女工早已告诉了他这东西的使用方法，自此他中断一年多的面包事业又继续起来。他用酒花煮水烫面、发酵、接面、再发酵、再接面、再发酵……完成一个程序要两天两夜的时间。为了按要求严格掌握时间，他把他的“和平”闹钟上好弦，“和平”即使在深夜打铃，他也要起床接面。为了那严格的温度，他把个面盆一会儿用被子盖严，一会儿又移在炉火旁边，拿支温度表放在盆内不时查看。

一天晚上他终于从那个新烤炉里拽出一只灼手的铁盘，铁盘里排列着六个小圆面包。他垫着屉布将灼手的铁盘举到我们面前说:“看,快看,谁知道这叫什么?早知如此何必如此!”我看看他那连烤带激动的脸色,想起大人经常形容孩子的一句话:烧包。

父亲是“烧包”了,假如一个家庭中孩子和大人是居平等地位的话,我是未尝不可这样形容父亲一下的。我已知道那铁盘里发生了什么事,放下正在写着的作业就奔了过去。妹妹为等这难以出炉的面包,眼皮早打起了架,现在也立刻精神起来。父亲发给我们每人一个说:“尝呀,快尝呀,怎么不尝?”他执意要把这个鉴定的权力让给我们。那次他基本是成功的,第一,它彻底脱离了馒头的属性;第二,颜色和光泽均属正常。不足之处还是它的松软度。

不用说最为心中有数的还是父亲。

之后他到底又找到了那女工,女工干脆把这位面包的狂热者介绍给那厂里的一位刘姓技师。他从刘技师那里了解到一些关键所在,比如发酵后入炉前的醒面,以及醒面时除了一丝不苟的温度,还有更严格的湿度。后来,当父亲确信他的面包足以超过了“一食品”(这城市根本没有“二食品”)所生产的面包时,他用张干净白纸将一个面包包好,亲自送到那面包师家去鉴定。

父亲回忆当时的情景说,那个晚上刘技师一家五六口人正蹲在屋里吃晚饭,他们面前是一个大铁锅,锅里是又稠又黏的玉米面粥,旁边还有一碗老咸菜,仅此而已。一个面包师的晚餐给他留下了终身印象。

面包师品尝了父亲的面包,并笑着告诉他说:“对劲儿。自古钻研这个的可不多。我学徒那工夫,也不是学做面包,是学做蛋糕。十斤鸡蛋要打满一小瓮,用竹炊帚打,得半天时间。什么事也得有个时间,时间不到着急也没有用。”他又掰了一小口放在嘴里品尝着,还把其余部分分给他的孩子,又夸了父亲“对劲儿”。

父亲成功了,却更不安分起来,仿佛面包一次次的发酵过程,使他的脑子也发起酵来，他决心把他的面包提到一个更高阶段。

那时候尼迈里、鲁巴伊、西哈努克经常来华访问，每次访问不久便有一部大型纪录影片公映，从机场的迎接到会见、参观，到迎宾宴会。父亲对这种电影每次必看，并号召我们也看。看时他只注意那盛大的迎宾国宴，最使他兴奋的当然莫过于主宾席上每人眼前那两个小面包了。他生怕我们忽略了这个细节，也提醒我们说："看，快看！"后来他干脆就把国宴上那种面包叫做"尼迈里"了。那是并在一起的两个橄榄形小面包，颜色呈浅黄，却发着高贵的亮光。父亲说，他能猜出这面包的原料配制和工艺过程，他下一个目标，便是这"尼迈里"。

为烘制"尼迈里"，他又改进了发酵工艺及烤炉的导热性能。他在炉顶加了一个拱形铁板，说，过去他的炉子属于直热式，现在属热回流式。

他烤出了"尼迈里"，说："你面对一个面包，只要看到它的外观，就应该猜到它的味道、纤维组织和一整套生产工艺。"自此我也养成了一个习惯，便是对面包的分析。多年之后当我真的坐在从前尼迈里坐过的那个地方，坐在纽约曼哈顿的饭店里，坐在北欧和香港特区那些吃得更精细的餐馆里，不论面前是哪类面包，我总是和父亲的"尼迈里"作着比较，那几乎成为我终生分析面包的一个标准起点。也许这标准的真正起点，是源于父亲当年为我们创造的意外的氛围。我想，无论如何，父亲那时已是一位合格的面包师了。

这些年父亲买到了好几本关于面包烘制法的书籍，北京新侨饭店的发酵工艺、上海益民厂的发酵工艺、北京饭店的、瑞典的、苏格兰的……还买了电烤箱。我们所在的城市也早已引进了法式、港式、澳大利亚式面包生产线，面包的生产已不再是当年连车间都不许他进的那个秘密时代了。然而父亲不再烘制了，他正在安分着他的绘画事业。只在作画之余，有时随意翻翻这些书说："可见那时我的研究是符合这工艺的。"后来我偶然地知道，发酵作为大学里的一个专业，学程竟和作曲、高能物理那样的专业同样长短。

一只生着锈的老烤炉摆在他的画架旁边，作为画箱的依托。也许父亲忘记了它的存在，但它却像是从前的一个活见证，为我们固守着那不可再现的面包岁月。

一件小事

15 岁那年，我很迷恋打针，找到母亲一位在医院工作的朋友做老师，向她学会了注射术。自从我学会了打针，便开始期盼眼前有病人，不论是家人或外人。我备齐针具，严格按照程序一次次操作着。一天，有位邻居来找我，说她每天都要去医院注射维生素 B12，我若能为她注射，便可免去她每天跑医院的麻烦。

我愉快地接受了她的请求。

这位邻居本是天津知青，因病没有下乡，大约在天津又找不到工作，才到我们的城市投奔她的姨母，并在一家小厂谋到了事做，她好像是那种心眼儿不坏，但生性高傲的姑娘，学过芭蕾，很惹男性注意。这样的邻居求我，弄得我心花怒放。

每日的下午，我放学归来，便在我家像迎接公主一样迎接我的病人。一连数日，事情进行得都很顺利，我的手艺也明显地娴熟起来。熟能生巧，巧也能使人忘乎所以乃至贻误眼前的事业。这天我的病人又来了，我开始做着注射前的准备：把针管、针头用纱布包好放进针锅(一个小饭盒)，再把针锅放在煤气灶上煮。煮着针，我就和病人聊起天来，聊着小城的新闻，聊着学生的前途。不知过了多久，我才突然想起煤气灶上的事。

有句很诙谐的俗语形容人在受了惊吓时的状态，叫做“吓出了一脑袋头发”，这形容正好用于我当时的状态。我已意识到我受了很大的惊吓,那针无疑是大大超过了要煮的时间。我飞奔到灶前关掉煤气,打开针锅观看,见里面的水已烧干,裹着针管的纱布已微煳,幸亏针管、针头还算完好。

我不想叫我的病人发现我被吓出的"一脑袋头发"和这煮干了的针锅,装作没事人似的,又开始了我的工作。我把药抽进针管,用碘酒和酒精为病人的皮肤消过毒,便迅速向眼前那块雪亮的皮肤猛刺。谁知这针头却不帮我的忙了,它忽然变得绵软无比。我一次次往下扎,针头一次次变作弯钩。针进不去,我那邻居的皮肤上,却是血迹斑斑。我心跳着弄不清眼前到底发生了什么事,但注射的失败是注定的了。这实在是一个大祸临头的时刻,唯有向病人公开宣布我的失败,我才能尽快从失败里得以解脱。我宣布了我的失败,半掖半藏地收起我那难堪的针头,眼泪已噼里啪啦地掉下来。

我的邻居显然已知道背后发生了什么事,穿好衣服站在我跟前说:"这不是技术问题,是针头退了火,隔一天吧,这药隔一天没关系。"

邻居走了,我哭得更加凶猛,耳边只剩下"隔一天吧,隔一天吧……"难道真的只隔一天吗?我断定今生今世她是再也不会来打针了。

但是第二天下午,她却准时来到我家,手里还举着两支崭新的针头,她像什么事情也没有发生过一样,微笑着对我说:"你看看这种号对不对?六号半。"

这次我当然成功了。一个新的六号半,这才是我成功的真正基础。

许多年过去了,每当我因为一件小事的成功而飘飘然时,每当我面对旁人无意中闯下的"小祸"而忿忿然时,眼前总是闪现出那位邻居的微笑和她手里举着的两支六号半针头。

许多年过去了，我深信她从未向旁人宣布和张扬过我那次的过失。一定是因了她的不张扬，才使我真正学会了注射术，和认真去做一切事。

一千张糖纸*

小学一年级的暑假里，我去北京外婆家做客。正是“七岁八岁讨人嫌”的年龄，外婆的四合院里到处都有我的笑闹声。加之隔壁院子一个名叫世香的女孩子跑来和我做朋友，我们两人的种种游戏更使外婆家不得安宁了。

我们在院子里跳橡皮筋，把青砖地跺得砰砰响；我们在枣树下的方桌上玩“抓子儿”，“羊拐”撒在桌面上一阵又一阵哗啦啦啦、哗啦啦啦；我们高举着竹竿梆枣吃，青青的枣子滚得满地都是；我们比赛着唱歌，你的声音高，我的声音就一定要高过你。外婆家一个被我称做表姑的人对我们说：“你们知道不知道什么叫累呀？”我和世香互相看看，没有名堂地笑起来——虽然这问话没有什么好笑，但我们这一笑便是没完没了，上气不接下气。是啊，什么叫累呀？我们从来没有思考过累的问题。有时候听见大人说一声“喔，累死我了”，我们会觉得那是因为他们是大人呀，“累”距离我们是多么遥远啊。

当我们终于笑得不笑了，表姑又说：“世香不是有一些糖纸吗，为什么你们不花些时间攒糖纸呢？”我想起世香的确让我参观过她攒的一些糖纸，那是几十张美丽的玻璃糖纸，被她夹在一本薄薄的

* 本文入选2007年福州市中考语文试卷以及《中华华文课本》(新加坡名创教育出版社2013年版)。

书里。可我既没有对她的糖纸产生过兴趣，也不打算重视表姑的话。表姑也是外婆的客人，她住在外婆家养病。

世香却来了兴致，她问表姑："你为什么让我们攒糖纸呀？"表姑说糖纸攒多了可以换好东西，比方说一千张糖纸就能换一只电动狗。我和世香被表姑的话惊呆了：我们都在百货大楼见过这种新式的玩具，狗肚子里装上电池，一按开关，那毛茸茸的小狗就汪汪叫着向你走来。电动狗也许不会被今天的孩子所稀奇，但在二十多年以前，在中国玩具单调、匮乏的时代，表姑的允诺足以使我们激动很久。那该是怎样一笔财富，那该是怎样一份快乐？更何况，这财富和快乐将由我们自己的劳动换来呢。

我迫不及待地问表姑糖纸攒够了找谁去换狗，世香则细问表姑关于糖纸的花色都有什么要求。表姑说一定要透明玻璃糖纸，每一张都必须平平展展，不能有褶皱。攒够了交给表姑，然后表姑就能给我们电动狗。

一千张糖纸换一只电动狗，我和世香若要一人一只，就需要两千张糖纸。这不是一个小数目，但我们信心百倍。

从此我和世香再也不跳橡皮筋了，再也不梆枣吃了，再也不抓子儿了，再也不扯着嗓子比赛唱歌了。外婆的四合院安静如初了，我们已开始寻找糖纸。

当各式各样的奶糖、水果糖已被今日的孩子所厌倦时，从前的我们正对糖寄予着无限的兴趣。你的衣兜里并不是随时有糖的，糖纸——特别是包装高档奶糖的玻璃糖纸也不是到处可见。我和世香先是把零花钱都买了糖——我们的钱也仅够买几十块高级奶糖，然后我们突击吃糖，也不顾糖把嗓子齁得生疼，糖纸总算到手了呀；我们走街串巷，寻找被人遗弃在犄角旮旯的糖纸，我们会追随着一张随风飘舞的糖纸在胡同里一跑半天的；我们守候在食品店的糖果柜台前，耐心等待那些领着孩子前来买糖的大人，等待他们买糖之后剥开一块放进孩子的嘴，那时我们会飞速捡起落在地上的糖纸，或是“上海太妃”，或是“奶油咖啡”；我们还曾经参加世香一个亲戚的婚礼，婚礼上那满地糖纸令我们欣喜若狂。我们多么盼望所有的大人都在那些日子里结婚，而所有的婚礼都会邀请我们！

我们把那些皱皱巴巴的糖纸带回家，泡在脸盆里使它们舒展开来，然后一张一张贴在玻璃窗上，等待着它们干后再轻轻揭下来，糖纸平整如新。

暑假就要结束了，我和世香每人都终于攒够了一千张糖纸。在一个下午，表姑午睡起来坐着喝茶的时候，我们走到她跟前，献上了两千张糖纸。

表姑不解地问我们这是干什么，我们说狗呢，我们的电动狗呢？表姑愣了一下，接着就笑起来，笑得没完没了，上气不接下气。待她笑得不笑了，才擦着笑出的泪花说：“表姑逗着你们玩哪，嫌你们老在院子里闹，不得清静。”

世香看了我一眼，眼里满是悲愤和绝望，我觉得还有对我的藐视——毕竟，这个逗着我们玩的大人是我的表姑啊。这时我忽然有一种很累的感觉，我初次体味到大人们常说的累，原本就是胸膛里那颗心的突然加重吧。

我和世香拿回我们的糖纸来到院里，在院子门口，我把我精心“打扮”过的那一千张糖纸扔向天空，任它们像彩蝶一样随风飘去。

我长大了，在读了许多书识了许多字之后，每逢看见“欺骗”这个词，总是马上联想起“表姑”这个词。两个词是如此紧密地在我意识深处挨着，岁月的流逝也不曾将它们彻底分离，让我相信大人轻易之间就能够深深伤害孩子，而那深深的伤害会永远地藏进孩子的记忆。

孩子是可以批评的，孩子是可以责怪的，但孩子是不可以欺骗的，欺骗本是最深重的伤害。

我们已经长大成人，可所有的大人不都是从孩童时代走来的吗？

长街短梦

有一次在邮局寄书，碰见从前的一个同学。多年不见了，她说咱俩到街上走走好不好？于是我们漫无目的地走起来。

她所以希望我和她在大街上走，是想告诉我，她曾经遭遇过一次不幸：她的儿子患白喉病死了，死时还不到 4 岁。没有了孩子的维系，本来就不爱她的丈夫很快离开了她。这使她觉得羞辱，觉得日子是再无什么指望，她想到了死。她乘火车跑到一个靠海的城市，在这城市的邮局里，她坐下来给父母写诀别信。这城市是如此的陌生，这邮局是如此的嘈杂，无人留意她的存在，使她能够衬着这陌生的嘈杂，衬着棕色桌面上糨糊的嘎巴儿和红蓝墨水的斑点把信写得无比尽情——一种绝望的尽情。这时有一位拿着邮包的老人走过来对她说："姑娘，你的眼神好，你帮我纫上这针。"她抬起头来，眼前的老人白发苍苍，他那苍老的手上，颤颤巍巍地捏着一枚小针。

我的同学突然在那老人面前哭了。她突然不再去想死和写诀别信。她说，就因为那老人称她"姑娘"，就因为她其实永远是这世上所有老人的"姑娘"，生活还需要她，而眼前最具体的需要便是需要她帮助这老人纫上针。她甚至觉出方才她那"尽情地绝望"里有一种做作的矫情。

她纫了针，并且替老人缝好邮包。她离开邮局离开那靠海的城市回到自己的家。她开始了新的生活，还找到了新的爱情。她说她终身感谢邮局里遇到的那位老人，不是她帮助了他，实在是老人帮助了她，帮助她把即将断掉的生命续接了起来，如同针与线的连接才完整了绽裂的邮包。她还说从此日子里有了什么不愉快，她总想起老人那句话："姑娘，你的眼神好，你帮我纫上这针。"她常常在上下班的路上想着这句话，有时候在街上，感觉却又真实得不像梦。

然而什么都可能在梦中的街上或街上的梦中发生，即使你的脚下是一条烂熟的马路，即使你的眼前是一条几百年的老街，即使你认定在这条老路旧街上不再会有新奇，但该发生的一切还会发生，因为这街和路的生命其实远远地长于我们。

我曾经在公共汽车上与人争吵，为了座位，为了拥挤的碰撞。但是永远也记不住那些彼此愤怒着的脸，记住的却是夹在车窗缝里的一束小黄花，那花朵是如此的娇小，每一朵才指甲盖一般大。是谁把它们采来又为什么要插在这公共汽车的窗缝里呢？怒气冲天的乘客实在难以看见这小小花束的存在，可当你发现了它们才意识到胸中的怒气是多么没有必要，才恍然悟出：这破烂不堪的汽车上，只因有了这微小的花束，它行驶过的街道便足可称为花的街了。

假若人生如一条长街，我就不愿意错过这街上每一处细小的风景。

假若人生不过是长街上的一个短梦，我愿意把这短梦做得生机盎然。

与陌生人交流*

从前我的家，离我就读的中学不远。上学的路程大约十分钟，每天清晨我都要在途中的一家小吃店买早点。

那年我13岁，念初中一年级。正是“深挖洞，广积粮”的时候，因此一入学便开始了拉土、扣坯、挖防空洞。虽说也有语文、数学等等的功课开着，但那似乎倒成了次要，考试是开卷的，造成了一种学不学两可的氛围。只有新增设的一门叫做“农业”的课，显出了它的重要。每逢上课，老师都要再三强调，这课是为着我们的将来而设。于是当我连“安培”、“伏特”尚不知为何物时，就了解了氮磷钾、人粪尿、柴煤肥以及花期、授粉、山药炕什么的。这来自书本的乡村知识并不能激发我真正的兴趣，或者我也不甘做一名真正的农民吧。我正在发育的身体，乐观地承受着强重的体力劳动，而我的脑子则空空荡荡，如果我的将来不是农民，那又是什么呢？我不知道。

每日的清晨，我就带着一副空荡的脑子走在上学的路上，走到那家小吃店门前。我要在这里吃馃子和喝豆浆，馃子就是人们所说的油条。这个时间的小吃店，永远是热闹的，一口五印大锅支在门前，滚沸的卫生油将不断下锅的面团炸得吱吱叫着，空气里有依稀的棉花籽的香气。这卫生油是棉籽油经过再加工而成，虽然因

* 本文入选2013年山东省淄博市中考语文试卷。

了它剔除不尽的杂质，炒菜时仍要冒出青烟，但当年，在这个每人每月只一百五十克食油供应的城市，能吃到卫生油炸出的馃子已是欢天喜地的事了。我排在等待馃子的队伍里，看炸馃子的师傅麻利、娴熟的操作。

站在锅前负责炸馃子的是位年轻姑娘，她手持一双长竹筷，不失时机地翻动着油条，将够了火候的成品夹入锅旁那用来控油的钢丝笸箩里。因为油是珍贵的，控油这一关就显得格外重要。她用不着看顾客，只低垂着眼睑做着属于自己业务范围的事——翻动、捞起，但她的操作是愉快的，身形也因了这愉快的劳作而显得十分灵巧。当她偶尔因擦汗把脸抬起来时，我发现她长得非常好看，她那新鲜的肤色，那从白帽檐儿下掉出来的栗色头发，那纯净、专注的眼光，她的一切……在我当时的年岁，无法用词汇去形容一个成年女人的美，但一个成年女人的美却真实地震动着我，使我对自己充满自卑，又充满希冀。

关于美女，那时我知道得太少，即使见过一点可怜的图片，也觉得那图片分外遥远、虚渺。邻居的孩子曾经藏有一本抄家遗漏的《爱美莉亚》连环画，莎士比亚这个关于美女的悲剧故事吸引过我，可我并不觉得那个爱美莉亚美丽。再就是家中剩余的几张旧唱片了，那唱片封套上精美的画面也曾令我赞叹不已：《天鹅湖》中奥薇丽塔飘逸的舞姿，《索尔维格之歌》上袁运甫先生设计的那韵致十足、装饰性极强的少女头像……她们都美，却可望而不可即。唯有这炸馃子的姑娘，是活生生的可以感觉和捕捉的美丽。她使我空荡的头脑骤然满当起来，使我发现我原本也是个女性，使我决意要向着她那样子美好地成长。

以后的早晨，我站在队伍里开始了我细致入微的观察，观察她那两条辫子的梳法，她站立的姿态，她擦汗的手势，脚上的凉鞋，头上的白布帽。当我学着她的样子,将两条辫子紧紧并在脑后时,便觉得这已大大缩短了我和她之间的距离。当寒冷的冬季我戴上围巾又故意拉下几缕头发散出来时,我的内心立刻充满愉快。日子在我对她的模仿中生着情趣,脑子不再空荡,盯着黑板上的氮磷钾,我觉出一个新我正在自己身上诞生。

后来我们搬了家,再后来我真的去了有着柴煤肥和山药炕的那个广阔天地。我不能再光顾那家小吃店了。

当我在乡间路上,在农民的院子里遇见陌生的新媳妇时,总是下意识地将她们同那位炸馃子的姑娘相比,我坚信她们都比不上她。直到几年后我返回城市,又偶尔路过那家小吃店时,发现那姑娘还在。五印的铁锅仍旧沸腾着,她仍旧手持细长的竹筷在锅里拨弄。她的栗色头发已经剪短,短发在已染上油斑的白帽子边沿纷飞。她还是用我熟悉的那姿势擦汗。她抬起头来,脸色使人分不清是自然的红润,还是被炉火烤得通红。她没了昔日的愉快,那已然发胖的身形也失却了从前的灵巧。她满不在乎地扫视着排队的顾客,嘴里满不在乎地嚼着什么。这咀嚼使她的操作显得缺乏专注和必要的可靠,就仿佛笸箩里的馃子其实都被她嚼过。我站在锅前,用一个成年的我审视那更加成年的她,初次怀疑起我少年时代的审美标准。因为,站在我面前的实在只是一名普通妇女。此刻她正从锅里抽出筷子指着我说:“哎,买馃子后头排队去!”她的声音略显沙哑,眼光疲惫而又烦躁。好像许多年来她从未有过愉快,只一味地领受着这油烟和油锅的煎熬。

我匆匆地向她指给我的“后头”走去,似乎要丢下一件从未告知他人的往事,还似乎害怕被人识破:当年的我,专心崇拜的就是这样一位妇女。

又是一些年过去,生活使我见过了许多好看的女性,中国的,外国的，年老的，年轻的……那炸馃子的师傅无法与她们相比，偶尔地想起她来，仿佛只为证实我的少年是多么幼稚。

又是一些年过去，一个不再幼稚的我却又一次光顾那家小吃店了。记得是秋天的一个下午，我乘坐的一辆面包车在那家小吃店前抛锚。此时，门口只有一只安静的油锅，于是我走进店内。我看见她独自在柜台里坐着，头上仍旧戴着那白帽，帽子已被油烟沤成了灰色。她目光涣散，不时打着大而乏的哈欠，脸上没有热情，却也没有不安和烦躁，就像早已将自己的全部无所他求地交给了这店、这柜台。柜台里是打着蔫儿的凉拌黄瓜。我算着，无论如何她不过四十来岁。

下午的太阳使店内充满金黄的光亮，使那几张铺着干硬塑料布的餐桌也显得温暖、柔和。我莫名地生出一种愿望，非常想告诉这个坐在柜台里打着哈欠的女人，在许多年前我对她的崇拜。

“小时候我常在这儿买馃子。”我说。

“现在没有。”她漠然地告诉我。

“那时候您天天站在锅前。”我说。

“你要买什么？现在只有豆包。”她打断我。

“您梳着两条又粗又长的辫子，穿着白凉鞋，您……”

“你到底想干什么？”她几乎怪我打断了她的呆坐，索性别过脸不再看我。

“我只是想告诉您，那时候我觉得您是最好看的人，我曾经学着您的样子打扮我自己。”

“嗯？”她意外地转过脸来。

面包车的喇叭响了，车子已经修好，司机在催我上车。

我匆匆走出小吃店，为我这唐突的表白寻找动机，又为我和她那无法契合的对话感到没趣。但我忘不了她那声意外的“嗯”，和她那终于转向我的脸。我多么愿意相信,她相信了一个陌生人对她的赞美。

不久,当又一个新鲜而嘈杂的早晨来临时,我又乘车经过这个小吃店。门前的油锅又沸腾起来,还是她手持竹筷在锅里拨弄。她的头上又有了一顶雪白的新帽子,栗色的鬈发又从帽檐儿里滚落下来,那些新烫就的小发卷儿为她的脸增添着活泼和妩媚。她以她那本来发胖的身形,正竭力再现着从前的灵巧,那是一种更加成熟的灵巧。

车子从店前一晃而过,我忽然找到了那个下午我对她唐突表白的动机。正因为你不再幼稚,你才敢向曾经启发了你少年美感的女性表示感激,为着用这一份陌生的感激,再去唤起她那爱美的心意。

那小吃店的门口该不会有“欢迎卫生检查团”的标语吧?城市的饮食业,总要不时迎接一些检查团的;那小吃店的门前,会不会有电视摄像机呢?也许某个电视剧组,正借用这店做外景地。我庆幸我的车子终究是一晃而过,我坚信:她的焕然一新分明是因为听见了我的感激。

当你克服着虚荣走向陌生人,平淡的生活里处处会充满陌生的魅力。

真挚的做作岁月

难言的母女共学

1975 年我高中毕业时，知识青年上山下乡运动已近尾声，一些城市的政策也开始灵活起来。比如我所居住的城市河北保定，就规定了老大可以免下。我是老大，我唯一的妹妹正读小学，似也不存在我留、她下的危险。我的同学都羡慕我的好运，然而我却报名要求去农村落户了。

因了我的行动，保定市曾经不大不小地热闹了好一阵。我先被邀请到许多单位去“讲用”，我根据当时两个最著名的口号，联系实际作着发挥，讲着。那口号叫做：坚持无产阶级专政下的继续革命，限制资产阶级法权。当地报纸和广播也作些“插科打诨”的报道，说我母亲曾反对我去农村，我便与母亲共同学习“毛选”，后来母亲终于搞通思想同意了我的革命行动。对这则无中生有的报道，我母亲至今还耿耿于怀，非常之不满意。当时我对这报道却并不在意，既是革命就得有对立面，这似是报道的规律，也是人活着的规律。再说这“对立”也并不伤大雅，不是一学也就通了吗？但我始终不忍心把这“母女共学”的情节加进我的“讲用”内容，不是没有人这样提示过我。

行前我还作为知青代表，在昔日的直隶总督府(市委)门前，面朝一街欢送的车队和红花发言。这热闹一直延续到我插队的县，延续到我的“点”上。

那时我常被自己的热情所鼓动，它鼓动着我从热情中又生出热情，在农村没有虚度四年。然而从那时起我实在又有着难言的不安，我那被社会称道的行为，实在还有着难言的隐秘之处，这便是我和文学过早的不解之缘。我的决定和我文学的启蒙老师徐光耀有着藕断丝连的渊源，那时他就肯定过我的文学开端。

徐光耀和女高尔基

保定有座名胜古迹叫做古莲池，面积不大，有亭台楼榭，有很好的碑文：米芾、怀素、乾隆都有。这里明时为书院，清时曾做过行宫，《小兵张嘎》的作者、几经沉浮的作家徐光耀就住在它的一个角落里。他似是刚被从农村召回，参加一个报告文学集的编写，那集子要以文学的形式报道一个部队的卫生科，前不久他们刚刚从一个乡村妇女肚里挖出一个 90 斤的大瘤子，被上级命名为“全心全意为人民服务的先进卫生科”。那位卸掉瘤子的妇女，也因被这先进卫生科卸掉瘤子而成了大队支书和当地知名人士。写这样的集子需要高手。

徐光耀被安置在古莲池一个荒芜的角落里，房子大约只八平方米吧，但门前有影壁，有几丛微黄的毛竹和营养不良的玉簪。我第一次走进那里，总觉着是走进了“聊斋”，后来仍然能从那里联想到《聊斋志异》里那些神秘伤感的故事。

我揣着两篇作文，由我父亲带领来拜见徐光耀了。那时我 16 岁，念高一，我盼望从他那里得到什么是小说、怎样写小说的答案，父亲则更多地希望他为我的作文（我的文学才能吧）作出些鉴别。

因为在此之前父亲对我的文学兴趣也产生了朦胧的信念，他是画家，家里也残存着几本中国的和外国的小说。

我向徐光耀出示了我的作文，他有些漫不经心地把它们搁置在一张大而坚实的硬木写字台上，然后就和父亲谈起了别的，关于时局发展的预测，还有郑板桥和陈老莲什么的。我只盯着那块被作为写字台面的大理石，和桌下那块与写字台可分可合的镂花踏板，想着历尽沧桑的徐光耀是怎样保护下他这张桌子的，它那么大，那么重。我盯得时间越长，就更能证明我是被冷落一旁的。后来他总算没有让我把作文带走，于是就有了第二次的见面。这次他谈话的中心是我的作文，他非常激动，连着说了两个“没想到”，还说你不是问什么是小说吗？你写的已经是小说了。

我的两篇小说写了两个孩子，一篇是写一个爱动爱闹的女孩子在“批林批孔”运动中是怎样生动地讲起了批判孔老二的故事；另一篇是写一个乡下男孩和几个学农的城市女学生的友情，这便是《会飞的镰刀》。徐光耀建议我把《会飞的镰刀》寄给一个编辑部，我按照他的意见先寄给了《河北文艺》，但他们没有用，当时做着编辑部主任的肖杰同志却给我写了一封热情洋溢的亲笔信。许久我才从那信中悟出了道理。他们所以不用，是因为那里没有阶级敌人，作为主人公的那个乡村少年也不高大，且有缺点。这篇小说一年后却被北京出版社收入一个小说集里，后来我一直把它作为我的处女作。对于北京出版社和对于当时这小说的责编、现在的中国少年儿童出版社总编庄之明，我永远存有感激之情。

我受了一位作家的鼓动，16 岁的心立时被激荡起来，在莲池里故意多穿几个亭台走着、想着，或许我也能成为一个作家吧？那么就该发誓去追求作家所应具备的一切，包括我朦胧中所了解到的关于深入生活什么的。但我唯独没想到我这追求又是多么冒险。

父亲却支持了我的冒险。在那些日子里，他的议论也总离不开中国农村。他用不懂得中国农民就不懂得中国社会这个道理来启发和安抚我，那启发和安抚是毫不犹豫的。直到十几年后我当真成了一个作家，父亲才常常为那时的行动而后怕起来。“也真有些后怕，万一要上不来呢？我们又没有任何后门。”他说。我也常常把这看作是一个知识分子那难以克服的“傻天真”，作家、文化当时对于他不也是海市蜃楼吗。倘稍有世故，这一切又何必呢，保定又有了可下可不下的政策。

母亲和我一起学“毛选”的故事虽是杜撰，但对于乡村她一向是惧怕的，这或许和她自小生活在城市有关。她深信当时一切关于女学生下乡碰到厄运的传闻，我临走前，她手拿刚注销了我姓名的户口簿还热泪满面地说：“难道你真能成为中国的女高尔基？”然而这已不是在劝我回心转意，仅是母性那种无奈心绪的流露。

我盯住这个少了我的户口簿想：原来一切都是真的了。难道非要去了解中国农村不可吗？你这个“女高尔基”。

我的农村日记和日记中的我

大约因为我是热闹着而来的，所以我进点后（或许进点前）便被指派为这个点上的副组长了。

我所在的点是距保定 100 多华里的博野县张岳村，这是一个四周有着平原和沙丘的中等村庄，村里多榆、柳树。坐北朝南的平顶土房和砖房永远沐浴着平原上的阳光，家家房前都有一个木梯子，房顶上常年摊晒着应时的农产品。到冬天不再有东西摊晒时，玉米和薯干便就近堆入玉米秸编起来的圆囤里。开始我们这十几名学生就分散住在这种窗前有梯子、房上有圆囤的农家里，直到后来我们也有了一个两排红砖瓦房和每个房间都配有桌子和水缸的真正的"点"。但"点"的房子很潮，冬天铺在床板上的麦秸被我们的体温暖得长出麦苗，纤细的麦苗在潮湿的麦秸里蜿蜒着生长。房东家的老炕则干燥，炕席被火炕烘烤得乌金乌金。

我到底没有白白面对一街车队一街红花表决心，我努力把到农村去坚持无产阶级专政下的继续革命、限制资产阶级法权变得真实。面对这个豪迈的口号，有时我真的忘却了我那个显得猥琐的个人动机。原来一个高深莫测的口号不是不能被人理解运用。我得知戈培尔说过的"谎言重复一百次便是真理"是很晚的事，但我又不能把这一切形容成谎言的重复，那是中国历史进程中的一个环节。后来我的一切变得更加自觉自愿，连自己的容貌也愿意过早地去酷似农民，那就要把自己晒出来。为了这"晒出来"，在 8 月的正午我竟坐在棉花垄里晒太阳，致使我的脸颊疼痛难忍，层层爆皮。我愿意使手上的血泡越多越好，我愿意让农村的女友捧着我的手把麦秸秆编成的戒指套上我的手指，看到这双手上有 12 个血泡。那正是我过 18 岁生日时。我 18 岁的生日也因有了这 12 个血泡才变得分外辉煌。直到我的一个名叫素英的农村女友捧着我的手哭起来时，我的心才有了得到回报的满足。

素英是个小巧玲珑的农村姑娘，很会整理、爱惜自己，也格外爱惜我。我们的友谊保持了很久，直到我回城后，素英出嫁去北京办嫁妆还住在我家。我为她铺好一个临时折叠床，她睡觉脱衣时仍习惯地站上床去。像平日踩在炕头上那样，这使得她像踩钢丝那般东摇西晃。我妹妹暗中为她的举止发笑，我便斥责妹妹，想着素英是怎样捧着我的手哭。

妹妹笑，那是因为没有一个真正的农民朋友将热泪洒上她的手吧？至今我总觉得城市女孩子的热泪是少了些魅力和打动人的分量的。

在我的农村日记里，我不止一次地提到过素英和她那灵巧、短小、粗糙的手。

我的农村日记几乎没有中断过，下乡四年我差不多写了近五十万字的日记、札记。许多年后当我再翻看它们时，虽然其中不少崇高与空洞、激进与豪迈，一些描写甚至令我汗颜，但我对那个点上的回味，对那时的我的回味，对一个时代的回味，也正是靠了它。那是一个现在的我在审视一个过去的我，其实那个被审视的我也许更真实。

1975 年 7 月，队里让我们回保定换季。我在家里住了几天，家里像迎接国宾一样迎接了我。离家时，母亲含着眼泪把我送上长途汽车。做了几天“国宾”的我回到村里，立即写下了一篇日记：

1975 年 7 月 23 日

今天，妈妈含着眼泪把我送下楼梯，我却笑着把她劝回家去，怀着一种逃出保定的心情进了长途汽车站。

这两天，我吃着大米饭、肉包子，却总觉着它们比不上我们亲手摘的西葫芦、大北瓜做成的熬菜，亲手拉着风箱做出来的卷子、饭汤香甜。睡着平整、松软的大床，却总是翻来覆去，脊梁底下像有石子硌着，这使我更留恋婶子、大娘那铺着金席的火炕。躺在这炕上，听着半导体里祖国四方的声音；围坐在炕上，讨论过中央文件的精神，想着我们张岳的未来，直到三星西落、窗纸发亮……我在城里走着看不见土星儿的柏油马路、松木地板，却更贪婪那一处土窝儿、一片土坷垃、一条条铺严“竹帘子”“星星草”“刺儿菜”的张岳的土道。我和多少城里人握手，却更渴望握一握张小爱大娘的粗手、善增大叔的硬手和素英的巧手。喝着消过毒的白开水吃着冰棍，却更馋那打一桶水要摇一百下辘轳的井水和垄沟里飘着狗尾巴草的流水。

张岳，你的女儿终于回来了！

我每每读着这篇日记，就仿佛看见一个昧着良心从家里溜走、吃得肥头大耳、放下筷子就骂娘的小贼。但我怎么也择不清这里到底有几分真意几分虚假，甚至每每因了它内含着的那无边无际的虔诚而自我感动。然而这虔诚实在又包容着连自己听来也战栗的做作，它虽然做作得一切都合情合理、天衣无缝，然而日记以外的我却常常有着不能自圆其说的破绽。

我念小学的妹妹来张岳村看我，她最喜欢骑我们生产队的毛驴，她也愿意来农村和我做伴。我也向她表示，为她从小就知道热爱社会主义新农村而高兴。后来她真郑重其事给我写了一封信，说：

亲爱的姐姐：

我现在已下了决心，毕业以后向你学习，听毛主席的话，到农村去，到边疆去，到祖国最需要的地方去。

现在，全国正在开展痛击右倾翻案风、大赞新生事物的轰轰烈烈的革命运动。我们学校人人争当回击右倾翻案风的闯将，争当开门办学、走“五七”道路的促进派。

姐姐，我再次向你表决心，毕业以后，一定响应毛主席的号召，扎根农村，干一辈子革命，让我们团结起来，沿着毛主席指引的金光大道奋勇前进吧！此致敬礼！

接信后我一阵心酸，一股凄凉之情油然而生。我实在不愿相信这是一个小学五年级学生的来信。我特别害怕我妹妹的决心，还很为这信流了些眼泪，之后急忙写信询问家里这是怎么回事(虽然妹妹离中学毕业尚为遥远)，直到家里来信说，这是语文老师给学生布置的一篇作文，还要求学生们把这篇作文真的寄给他们在农村插队的哥哥姐姐，我这才放下心来。

那时村里小学正缺老师，大队书记和我商量让我去补上这个令人羡慕的差事，那书记便是我在前面提到过的善增。他为人厚道，从来都是管知青叫学生，给学生派活儿时专拣轻活儿。有一次竟让我去推车卖豆腐，悄悄对我说那活儿不出苦力，出工也不论个时晌。我真去卖了一次，结果因驾驭不了那豆腐车而告终。

善增让我去当老师，我却拒绝了。我在日记里说："我可不能出了校门又进校门，在农村我永远是一名小学生！"

有时我们也敲八林的门

这文章开始时我就说，我插队时上山下乡运动已是尾声，政策也灵活起来，各地甚至都为自己的儿女能侥幸归来创造些更活的政策。但口号照样是豪迈和光明磊落的，比如"厂社挂钩"——我们就是学着这个口号的方式被"挂"下来的，据说这口号是湖南株洲创造的。

我的履历和"厂"并无任何关系，父母都是知识分子，当时都过着飘摇欲坠不安定的生活。可正如我们村主管知青的党支部委员进钢常说的："政策是死的，办法是活的。"看来这句话也并非他的发明，当他咏诵着这句话为自己的村子、自己的臣民在死政策下找些活办法时，城里也早有人咏诵着它在做了，我不知这是不谋而合还是这活办法的不胫而走。但这“厂社挂钩”的经验也莫名其妙地使我和保定一家工厂的子弟们共同就近插队在张岳，至今我也弄不清这是因为哪个环节的松动。和我性质一样的还有两个女友，一个叫刘元梅，一个叫王陶。刘元梅的父母属于政府系统的哪个厅局，夫妇都是“民盟”的盟员；王陶是大学教师的女儿。如今刘元梅正学着她的父母那样，在省里一个民主党派机关工作，王陶则已是华北电力学院的教师，她是在1977年大学刚恢复招生时考进这所学院的。那时的王陶举止利索充满着朝气，刘元梅却像个善静而又不多嘴多舌的好大嫂。我们三人那时同住一室，一直保持了友好的关系。

我们既是被一个厂“挂”下来的，又是少数，总有些名不正言不顺之感。尽管我正以一个副组长的身份，在“统帅”着一群名正言顺的年轻同伴，但“人以群分”的道理还是把我和刘元梅、王陶连得更紧些。再说多数派的同伴也确有些名正言顺的气势呢。比如当我们的新点建成、院子尚无一个大门时，与张岳村“挂”着“钩”的保定那家厂方，就毫不吝啬地把用铁棍焊好的两扇铁门送进了村。那铁门高大，有着“巴洛克”的风格样式，它使我们的点显得格外有气魄。安装大门时曾招来全村许多老少，如同过年。我也总觉得，我们点在县里一直处于先进，来点参观乃至开现场会的人不断，好像很和这两扇门有关。当时全县比我们寒酸的点还有几处，寒酸对上面而言怎么也不能算件好事，当时的大寨社员不是也住着青砖楼房吗？当然，厂社挂钩的经验还远远不在于保定的某厂仅能给张岳的点做两扇铁门。有些知青能比我们早回城，显然也沾了这挂钩的光。

我和我的两位女友通过这铁门出入着，下地，开会，挑水，拉煤，买菜……有时晚上也从这门里溜出去干些不宜记入日记的事。在日记里我一边歌颂着张岳浑黄的井水，锅里那灰暗的干菜汤，而我的肠胃却不顾我的歌颂，总向我提出些奢侈的要求。后来我从一些讲男女有别的知识小册子里也读到，奢吃零食的习惯女性是甚于男性的。说白点，面对一些零食，女孩子常表现得十分的没出息。闲着两手捏几个瓜子，反映在文艺作品里甚至成了那些不正经女人的经典形象。然而大多数女人不顾这些，还是盼望着抓挠一点零食，哪怕是一把瓜子。

那时的农村尚无被搞活了的经济，街里有个供销社，是全村人唯一的经济中心，里面有属于官方专营的盐、铁，只在做工潦草的货架上也摆些红烧带鱼、糖水红果罐头和七八角钱一瓶的葡萄酒。那罐头我们是望尘莫及的，然而酒我们却喝过。有一年元旦，我、刘元梅和王陶插起门来就着柿子喝酒，致使刘元梅起了一身猪皮模样的疙瘩，且伴有呼吸短促、瞳孔扩散。在惊恐之中我想起酒精中毒这四个字，才猛醒这酒是酒精兑水而合成的。那晚，我和王陶整折腾了一夜。我记得热敷法可以消肿，就烧了一大锅开水，把所有的毛巾、枕巾都摁在锅里，再将这一锅毛巾一次次地摁在刘元梅身上，天亮时刘元梅居然消了肿并恢复了正常的呼吸。

许多年后，有一次我在美国时，东道主请我们在旧金山一家著名的海鲜酒家吃牡蛎，喝 180 美元一瓶的法国干白葡萄酒。我向一位汉学家讲起那次刘元梅酒精中毒的事，他说，酒精兑成的酒全世界都有，然而人们都在喝。这里卖者和买者都有明知故犯的味道。而我们那时不懂这些，以为酒就是酒，天下的酒都一样，如同就懂得全世界人民心中只有一个红太阳，地球上四分之三的人民都等着我们去解放人家。

和村里这个盐、铁专营的供销社相抗衡的唯一一家商店（如果能称其为商店的话)就是八林老头的地下商店。

八林从名字到他的“店”都似带有土匪和匪窝的味道。在他的小黑门里,有一毛钱一斤的酱油和八分钱一斤的醋,也有更属非法经营的国家绝对的统购物资——花生米。八林的地下商店当时为什么不被取缔,我始终不得而知,也许连支书善增有时也到八林的“店”里买酱油接短吧。大家都需要接短,都知道他那酱油、醋里掺着大量的水,如同全世界所有人都知道有酒精兑成的酒,然而人们都买、都喝。

八林卖酱油不光掺水,且自有一套操作方法。他的酱油缸被隐藏在他里屋的黑炕边,缸盖被几件衣服遮严,只待有人来买时,他觉出来人可靠才揭缸。缸揭开后他也并不忙于用“提”,而是先将“提”在缸里狠搅一阵,使缸里的液体随着“提”的搅动充分旋转起来,然后才猛下“提”,猛提起,再将那仍然旋转着的液体倒进顾客的容器。开始我们不解其意,后来一个名叫春生的聪明男生才将其中的奥秘告诉我们:酱油在“提”内旋转着被提起时,总要旋出一些在“提”外的,一种离心作用吧。春生用一只盛满水的缸子在手里旋转着。然而我们还要去和八林做这种既非法又上当的交易。“上当受骗就一次”,是需要有一个繁荣、合理的经济环境的,你才能有挑选的余地。那时没有这余地。

我和我的两个女友不光“出差”为点上买酱油买醋,慢慢也受了他那稀罕珍品花生米的吸引,诡秘、谨慎地去敲八林的小黑门了。吱嘎,小黑门在诡秘中打开了,八林一张永远拖着鼻涕、木刻似的长脸审视着我们,我们也在他的审视下懊恼着自己,直到八林愿意接待我们。

八林领我们在黑暗中穿插进屋,在油灯下将一些什么东西移开,把正在淌着的鼻涕“拧”净,手在鞋底上蹭蹭,才去抓花生米。

他这种先净身后取货的程序,常常使我们觉得他的货更娇贵。

一把花生米揣进了口袋,我们在黑暗中走着,一粒粒摸着吃,计算着吃完它应用的时间,力争在进门前吃完,不留痕迹。当点上那两扇铁门横在眼前时,身上正好是“弹尽粮绝”,财物两空,才想起原来这要花去半个月的工分呢。然而又觉得这实在值得,因为这里不光有女人的奢侈,还有冒险的愉快。

我对杨贵和毛泽东的悼念

1976年,我在村里悼念了两个人:一位是杨贵,一位是毛泽东。

杨贵是村贫协副主席,革委会委员,贫管校长。党支部派我为杨贵写悼词,开始我很为难,因为我没写过这类文字。支书说你就捡着好的说吧,别忘了结合形势。我仿照耳闻目睹过的广播、报纸写起来。在追悼会上我亲自朗诵,收到了难以想象的效果。我在日记里翻到了这悼词:“张岳大队党支部全体党员、团员、民兵连、妇联会、贫协、全体贫下中农、知识青年以极其沉痛的心情哀悼:张岳大队贫协副主席、革委会委员、贫管校长杨贵同志,因患脑溢血,于1976年6月10日下午7时在博野医院逝世,终年60岁。杨贵同志是中国共产党的优秀党员,是中国人民忠诚的革命战士,是我村久经阶级斗争、两条路线斗争考验的领导……”

接着,我在简要记述了他的事迹后,又写道:“他的一生是为共产主义奋斗的一生,是坚持继续革命的一生。他的逝世使我党失去了一位优秀党员,是我党我国人民的重大损失,引起了全村贫下中农的极大悲痛……”

当时我想,凡是该配上悼词而被送终的人,这些字眼对于他们都不会过分吧？既然至死都保持了共产党员的称号，那么他必然是继续革命着活下来的。许多半途而废的党员，当然都是不善于继续革命的缘故。有了这个先决条件，“损失”和“悲痛”都似成了合情合理、可多可少的形容词。

现在我重读着这悼词，想着杨贵和我们的交往。

杨贵和我们点是对门，大约抗日战争和解放战争时他曾打过仗，后来由于负伤而退役，现在是一位尖脸、缺牙、有着轻度颠脚的瘦小老人，人们都叫他杨贵。杨贵瘦小，却有着功臣般的霸气。他那瘦高的老伴和七个参差不齐的儿子也因之显得自负，在村里他们大有说一不二之势。当年的我们和许多张岳人一样，对这家人充满着预先准备好的、无条件的敬重。比如他家人随时可来我们伙房拿葱拿蒜，拿馒头、烙饼，我们必得表现出些热烈欢迎；谁都知道杨贵家偷电，然而谁都得“包涵”着。当他家明明把电线挂在我们点上时，我们也必得生出几分他偷得应该的大度：难道他不该偷吗？他因战争负伤腿脚不好，你能让他在黑灯瞎火中摔跟头吗？杨贵也许是审度出我们的觉悟了，便更加打着我们点上的主意。那年我们养了一口猪，大家费劲拔力地把它养到了130斤，但离年节尚远，还没有杀猪过年的打算。杨贵来了，端详着猪在打主意，这主意显然不是立时“打”出来的，对这猪，杨贵似早有预谋。他端详一阵说：“这猪有病。”那风度酷似一个阴阳先生在相看这宅院的风水。

“给治治吧，没准儿您有手艺。”有人答道。

“治不好。”杨贵说。

“那可怎么办？”又有人问。

“杀了吧。”杨贵说。

“离过年还早着呢，多可惜呀！”有人说。

“杀了总比死了好。”

杨贵说要杀猪，那么，猪得杀。谁杀？当然是杨贵。这时杨贵不但成了我们的救命恩人，而且还真要为我们付出点什么了。至于猪为什么非杀不可，猪病到底能不能治好，就不再有人追究，因为这是杨贵的倡议，杨贵的指点。

于是猪在一片欢腾中被宰割了。杀了也罢，人们已经在为点上能拥有这100多斤猪肉而兴奋起来。但人们却忽略了一个关键问题，便是这杀猪人的报酬。现在面对眼前这口白净的猪，杨贵却毫不掩饰地把条件提了出来，那条件是苛刻的。当我们都觉出这条件难以接受时，杨贵却已下手了。他先把猪的上水下水(五脏六腑)归入自己早已备好的盆中，又割下那个硕大的猪头，再则是四个肘子(那肘子所带走的肉也足使我们目瞪口呆)，最后是将这猪拦腰斩断割下尺把宽的一块正肋，并割下那个几乎被遗忘了的猪尾巴。

那时我们站在一旁真有点自己被解肢的感觉，心疼啊！但当时我们谁都没有把这和掠夺联系在一起，还侥幸地想：也许除了那块正肋，杨贵拿走的都不是猪肉的珍贵之处吧，难道他能掠夺我们吗？一个打过仗的功臣。然而心疼还是难以缓解。

杨贵运走自己的所得，还不忘回来告诉我们，煮肉时别忘了放一把花椒。

杨贵杀猪一个月后，杨贵本人死了。

在杨贵的追悼会上，我念着悼词，哭着，许多人都哭着。也许是我那悼词当真打动了人，若配以哀乐，我想人们还会表现出些更大的悲痛。我哭着，还看见了他那最小的脸色青黄的儿子，这小儿子才七岁。于是我哭得更加凶猛起来。

哭有时并不完全依靠你的真情实感，还应依靠些贴切的氛围吧。如同人的恐惧感,有时你听到一个关于鬼的细致详尽的故事并不害怕,然而一个扔在路边正在焚烧的死人枕头,倒能令你毛骨悚然。

距杨贵的死两个多月后,毛主席去世了,我却没有表现出比杨贵的逝世更大的悲痛。至今我仍然为那些日子里的我而惶惶不安,尽管我在我的日记里记载过我那悲痛着欲罢不能的心情,记载过自己将悲痛化为力量的誓言:“今天啊,您一定能听见远在辽阔的冀中平原悼念您的知识青年的心声。那如林的臂膊,那万水千山中传递的誓言,摇颤了宇宙,震荡着太空……”

在很长一段时间里,我仿佛真能看见一个伟岸的身影在空中俯视和谛听着这群知青如林的臂膊和誓言。然而我始终没有涌泉似的眼泪。

1976年9月9日下午,我拉着一辆小车,去玉米地装玉米秸,刚出村,一个女生就追了上来。她显得神色慌张,一副不知所措的样子,迫不及待地对我说:“听见广播了吗?”“什么广播?”我问。“毛主席死……死了。”她说。她把“死”尽量说得含糊,但那神色又执拗地告诉我,是死了。我说:“广播错了吧?”她说:“没错,是死了。”

我们俩互相看看,一刹那都觉出有些尴尬。我想,我们都是因为没有立刻抱头痛哭而尴尬。然而心是慌乱的,慌乱一阵作出决定:只有改变行动不再去地里拉玉米秸,才能抵消这尴尬时刻。不是有那么一句话吗:“都什么时候了。”对,都什么时候了,你还去拉玉米秸。再说当时我那行动的改变并非因为明确的理智,完全是感情的驱使。是感情支配着我,我不能再到地里去,应该掉回头去点上做些和这个时刻相称的事。在回去的路上,我突然觉得我像是一个无家可归的孩子,一切都变得空旷起来。我愿意把那时刻想成“眼泪往肚里流”，我以为我应该把自己想成这样，凭了我对领袖的崇敬和诚实。

晚上我们做起花圈。男生们从很远的地方采来柏树枝，我们全体知青不分男女坐在一起，把柏枝和白花绑在秫秸扎成的框架上。谁都没有言语，不久都哭了起来。我也真的掉出了眼泪，虽仍不似同伴们那样汹涌，但已不再是流在肚里了。我以为这是借助了这柏枝的缘故，如同你看到杨贵儿子的黄脸，看到路边一个死人枕头。也就是在这个有眼泪的时刻，我才记住了柏枝的清香和苦涩味。

至今当人们在谈论毛泽东这个巨人的种种失误时，我倒愿意抛开这些去回忆一下那柏树枝的清香和苦涩味。虽然从理性上我也知道，是他老人家的挥手才使我做了四年农民，才亲眼得见杨贵是怎样以他的权威和心计掠夺着我们。但也正是有了我在生活中和杨贵的巧遇，才了解到四只肘子的价值。与此相反，人越来越聪明、越来越世故却并非只因你认识了四只肘子的价值。

素英遇见“庄客”

我不愿把那时的岁月形容成一个做作的岁月，做作的应是我们那种要岁月认可的心态。难道一切都是因了杨贵割走的那四只肘子，才使得我们学会了聪明？当我在了解着农民、了解着中国农村时，到底是谁俘获了谁？这像是一本永远没完没了的糊涂账。我庆幸我到底没有枉做四年农民，我毕竟是为着以一个真实的自己去认识那些农民的真实而来的，因此在做作的背后就有了一个不曾做作着的我。比如我在用“坚持无产阶级专政下的继续革命”武装自己时，也曾相信人间有鬼。

在一个初冬的早晨，素英请我到她家去吃饺子，我刚进门她就一头栽到炕上不省人事了。接着便是口吐白沫伴着浑身的抽搐，牙齿紧咬着舌头。我被吓得呆立在炕前。素英的母亲，一个40多岁的大娘却不慌不忙，她胸有成竹地对我说，这是遇到"庄客"了，素英昨天就从坟地里走过。

庄客是鬼的一种，张岳这一带都知道庄客这东西，他们平时潜伏在坟地里，你走过时趁你不备附上你的身，直跟回你家中取闹。他们的形象被人形容得可丑可美，出入甚大。

我说："这该怎么办？"大娘说："不着急，咱们把他赶走。"她一面说着从炕席底下摸出一沓纸钱，划火柴点着，两条胳膊抡打着便唱起来，意思是请庄客把钱带走，宽恕素英。但庄客一时不走，他还在折磨着素英，素英已将自己的舌头咬出了血，血沫在四周喷溅着。于是气氛更加紧张起来。也许大娘懂得庄客的活动规律，她指示我赶快上炕将窗扇打开。我按照她的指示连忙跳上炕打开窗扇，并学着她的样子张开手臂在屋内轰赶着，深信那庄客就在屋里和我们周旋。大娘又烧了些纸钱，唱的调门更加高昂起来，我也加快些轰赶。很过了些时候，大娘看看素英，终于松了口气说："走了，从窗户里走了。"素英得救了，我也停止轰赶回头看素英，她真的浑身松软下来，松了舌头睁开双眼也连忙说："庄客走了我得救了。"我抱起素英激动得失声痛哭起来，为我的女友得救而痛哭。

很久以后我想，素英患的也许是癫痫吧，癫痫病人在发作时大都抽搐着咬舌头，病重者犯起来可以致死。比如来华援助过中国抗日的柯棣华大夫，就是患了癫痫而死。然而每每想起那时的情景，我从来没有讥嘲过大娘和我的愚昧，因为那时我是真实的，我只相信着，做着。

但人类并不是有了相信着的真实就有了一切。你那么真实地相信着,这真实却偏偏正和你开着不大不小的玩笑。来到人间的庄客不是每次都可以轰走的吧。

然而人类的一切文明还是起源于相信着的真实,才有了一切学说,才有了金字塔和长城,才有了人原本是可以不随地吐痰的设想,才有了解放了的新中国,才有了知识青年的上山下乡,才有了知识青年的回城。

1979 年初春一个晴朗的早晨,一辆马车拉着我和我的行李离开了张岳,从此我再也没有回到那里。临走时,领导过我们的那些领导都已更换,人们说他们都是“四人帮”的爪牙。我去看望被关进牲口棚的主管知青的支委进钢大伯,想着“时过境迁”这句俗话。那时为了我们,他用的“活办法”从来都是细致入微:冬天我们潮湿的屋子里很快就能生起奢侈的煤火,连每屋配备一把新壶他都想到了。而当他生病,我们给他送去红烧带鱼罐头之类时,他却要他的小孙子将东西退回供销社,把钱又还给我们。现在他扒住窗棂对我说:“走你们的吧,别惦记我,我没事儿。政策是死的,办法是活的。”

我坚信这句话做起来的艰难,也坚信这句话的真实性。因此每当我听见、看见关于新时期生动、活泼的农村政策在哪个地方开花结果时,便想起张岳和领导过我们的那些把死政策变成活办法的大队干部们。辛兴大队,在全国都享有很高声誉的、以办乡镇企业出名的河北蠡县辛兴大队离张岳村才几十华里。我总仿佛看见进钢大伯正在和什么人签署着什么文件、合同,装卸着什么货物,于是又记起罗马尼亚诗人索雷斯库一首名叫《遗产》的诗:

从古代到中世纪,
从全部历史,

一列列
满载错误的列车，
纷纷而至。
战术与战略错误，
政治错误，
各种荒谬的言论
和愚蠢的行为，
细小的疏忽
或根本性的错误，
沿着每一条铁路运来，
不分白天和黑夜，
直至扳道工精疲力竭……
而我们，这些幸运的继承者，
只能忙着卸车，
并且签署收据。

一首耐人寻味的诗。但我唯独不愿轻信我们只有装卸错误和疏忽。

22年前的24小时

1976年初秋的一天上午，我正在河北博野县张岳村第十生产队干活儿，好像是在棉花地里喷农药，地头一个推自行车的社员、我的乡村好友素英对我高喊着："铁凝，你看看谁来啦！"我向地头望去，见一个身穿红黑方格罩衣的小女孩站在素英身边正对我笑，是我妹妹。这个小学五年级女生，就这么突然地、让人毫无准备地独自乘100多里长途汽车，从我们的城市来村里看我了。

张岳村离县长途汽车站还有八里，我妹妹下了汽车本是决心步行八里独自进村的，路上正巧碰见进城办事的素英，素英便用自行车将她带回了村。

我走到地头，望着我妹妹汗津津的脑门和斜背在身上的鼓鼓囊囊的军用挎包，我想这是一个多么胆大的人哪，而我的父母居然能够同意她独自一人出远门。我妹妹对我说，没有素英的自行车她也能找到张岳村，她已经听我说过许多遍这村的位置了——城东八里。我妹妹还告诉我，她身上的挎包里都是带给我的好吃的，她要看着我吃好吃的，然后和我玩儿一天——她说她就是来和我玩儿的。

我和我妹妹已经半年多没见面了，春节离家回村时，她抱住我不放我走，坚决要求为我把票退掉。那是我插队之后回城度过的第一个春节，和村里潮湿的凉炕、苦涩的干白菜汤相比，我实在不愿抛开家里的温暖：干净明亮、琐碎踏实的一切，还有我那与我同心同德的妹妹。当我一次又一次买回返村的长途汽车票时，是她一次又一次毫不犹豫地为我退掉。对于退票，开始我的态度是半推半就，有点矫情，有点阿Q，好像我本是要走的，是我妹妹她偏不放我离开啊。到了后来，便是我主动请求我妹妹了："你能不能给我再退一次票？"那时我妹妹先是一阵欢呼，然后从我手里夺过票，眨眼之间就奔出了家门。在家的日子一天天拖下去，暗暗计算一下，原来我妹妹已经为我退了八次票。这个春节的八次退票，是我和我妹妹之间的一个小秘密。所以没有第九次退票，是因为我想到了我的知青副组长的身份，虽然乡村并无部队那样严格的纪律，可也不能超出返村的日期太久。

现在我妹妹来了。目的单纯而又明确——和我玩一天。可是我正在干活儿啊，我的农药还没喷完呢，我怎么能在这广阔天地里，在这大忙季节和我妹妹"玩"一天呢。那时的我们，本能地提防这个"玩"字。社员们却围拢过来了，这群善良而又乐观的人，在那个禁玩儿的时代，他们是依然懂得人情世故、家长里短的人。他们要我放下喷雾器领我妹妹回知青点，他们说，这老大的一片地，不缺你这一半个劳动力。谁知他们越是劝我，我越是不肯离开，仿佛在逞能，又好像要利用我妹妹到来这件事接受考验：看看我的大公无私吧，看看我革命的彻底性吧，看看我铁心务农的一片赤胆忠心吧……我把我妹妹扔在地头，毅然决然地在棉花地里干到中午收工。

当我领着我妹妹回到村里的知青点时，她已经有些不高兴了，一遍又一遍地问我："为什么你不跟我玩儿呢？为什么你不跟我玩儿呢？"我只是反复对她说："我太忙了。"在知青点食堂吃过午饭，我们刚回到宿舍就下雨了，我妹妹期待地说："下雨了你们就不出工了吧。"我说："是的，不过我们要开会，我们一向利用下雨的时间开会。”我妹妹气急败坏地说：“我来了你还开会啊！”我训导她说：“这是在村里不是在家里，你应该懂事。”我妹妹悲哀地说：“早知道这样我才不来看你呢。”我说：“好了，别耍小孩脾气，现在你先躺在炕上睡个午觉，你不是没有睡过炕吗？”

这个下雨的中午，我们十几个知青集中起来开始在食堂里开会，我心乱如麻。我多么希望这会快点结束，好让我有空陪陪我妹妹，可乡村里的会议都是漫长而缺少实效的，我们的会议也不例外。会开了近两个小时，又有人开始读报——一篇很长的社论。这时我发现我妹妹站在门口。她挑衅似的冲着我们全体、也冲着我说，要我陪她出去玩儿。她这种不管不顾的态度使我有点下不来台，我跑到门口把她领出门去，我说：“开不完会我就不能和你玩儿。”我妹妹说：“你开完会就再也看不见我了！”我并不重视我妹妹的气话，只一心想着怎样保持自己在众知青中的形象，让大家看看我并不是一个因家人来探亲就不顾集体的人啊。于是我坐得更加安稳，甚至当主持者宣布散会时，我还故意要求再读一段报纸。

会终于散了，我回到宿舍发现我妹妹不见了。这时我才真的害怕起来：天下着雨，她能到哪儿去呢？我披上雨衣就跑上了街，同院知青也随后帮我去寻人。

我们找遍村子又找出村子，最后在旷野上，我看见一个朦胧的小红点在跳动，那就是我的妹妹，她正向县城的方向跑着。我大声叫着我妹妹，她在雨中大步跑得更快了。当我就要追上她时，她又钻进了一片玉米地。我也钻了进去，一边拨开茂密而又刺人的玉米叶，一边央求她跟我回村，并答应从现在开始就和她玩儿。她的头发和衣服都被雨淋湿了，却头也不回地跑着，边跑边报复似的大声说：“我要揭发你八次退票的事！我要揭发你八次退票的事！”那个时代的孩子都会使用“揭发”这词的。

我追赶着我的妹妹,心想我是多么应该被揭发啊,和我妹妹的仗义、真挚相比,我是多么自私自利,虽然我是那样的“大公无私”。玉米叶划破了我的手脸,我想它们也正刺伤着我妹妹的皮肤。我哭起来,我妹妹就在这时停住了脚,是我的眼泪使她妥协了。我把雨衣披在她身上,拉着她出了玉米地。我的知青战友们也赶到了,素英听说我丢了妹妹也骑车从家里赶了来。她不由分说把我妹妹放在车大梁上带着她就走,她说她回家要给我妹妹烙白面饼煎腊肉。

这晚我妹妹在素英家领受了贵宾的礼遇:素英一家将她围在炕上,给她说笑话解闷儿,她喝了姜糖水祛寒,吃了平时农家很少动用的白面烙饼卷腊肉。不幸的是吃喝完毕她便发起高烧说开了胡话,万幸的是素英急中生智从隔壁请来一位会扎针灸的老汉。这老汉上得炕来,先照着我妹妹的脑门吐了一口唾沫,然后从怀中一个脏污的布包里抽出一根粗长的大针,照着那唾沫处猛然就扎。这一切是如此地迅雷不及掩耳,让你来不及怀疑、恐惧和哭。可是奇迹发生了,我妹妹渐渐安静下来、安睡过去,第二天清晨她居然退了烧,又是活蹦乱跳的一个人了。

我骑着自行车把我妹妹送到县长途汽车站,送上回家的车,她上车时正是头天素英带她进村的时间,整整 24 个小时,这乱糟糟的 24 小时让我心里很难过,却不知该对我妹妹说些什么。她倒很豁达,隔着车窗对我挥挥手说:“放心吧,我什么也不会告诉爸妈!”

22 年过去了,我们早已长大成人,她也去了美国。我从来没有为那年秋天的 24 小时向我妹妹道过“对不起”,我知道“对不起”这三个字用在亲人身上是多么没有分量。

今天是 5 月 28 日,我妹妹的生日。她从美国打来电话,我问她还记得那位乡村老汉给她扎针吗,她在电话里大笑着说:“我一直觉着他那口唾沫到今天还在我脑门上哪!”

你在大雾里得意忘形

那时的清晨我在冀中乡村，在无边的大地上常看雾的飘游、雾的散落。看雾是怎样染白了草垛、屋檐和冻土，看由雾而凝成的微小如芥的水珠是怎样湿润着农家的墙头和人的衣着面颊。雾使簇簇枯草开放着簇簇霜花，只在雾落时橘黄的太阳才从将尽的雾里跳出地面。于是大地玲珑剔透起来，于是不论你正在做着什么，都会情不自禁地感谢你拥有这样一个好的早晨。太阳多好，没有雾的朦胧，哪里有太阳的灿烂、大地的玲珑？

后来我在新迁入的这座城市度过了第一个冬天。这是一个多雾的冬天，不知什么原因，这座城市在冬天常有大雾。在城市的雾里，我再也看不见雾中的草垛、墙头，再也想不到雾散后大地会是怎样一派玲珑剔透。城市的雾只叫我频频地想到一件往事，这往事滑稽地连着猪皮。小时候邻居的孩子在一个有雾的早晨去上学，过马路时不幸被一辆雾中的汽车撞坏了头颅。孩子被送进医院做了手术，出院后脑门上便留下了一块永远的"补丁"。那补丁粗糙而明确，显然地有别于他自己的肌肤。人说，孩子的脑门被补了一块猪皮。每当他的同学与他发生口角，就残忍地直呼他"猪皮"。猪皮和人皮的结合这大半是不可能的，但有了那天的大雾，这荒唐就变得如此地可信而顽固。

城市的不同于乡村，也包括着诸多联想的不同。雾也显得现实多了，雾使你只会执拗地联想包括猪皮在内的实在和荒诞不经。

城市因为有了雾，会即刻实在地不知所措起来。路灯不知所措起来，天早该大亮了，灯还大开着；车辆不知所措起来，它们不再是往日里神气活现地煞有介事，大车、小车不分档次，都变成了蠕动，城市的节奏便因此而减了速；人也不知所措起来，早晨上班不知该乘车还是该走路，此时的乘车大约真不比走路快呢。

我在一个大雾的早晨步行着上了路，我要从这个城市的一端走到另一端。我选择了一条僻静的小巷一步步走着，我庆幸我对这走的选择，原来大雾引我走进了一个自由王国，又仿佛大雾的洒落是专为着陪伴我的独行，我的前后左右才不到一米远的清楚。原来一切嘈杂和一切注视都被阻隔在一米之外，一米之内才有了“白茫茫大地真干净”的气派，这气派使我的行走不再有长征一般的艰辛。

为何不作些腾云驾雾的想象呢？假如没有在雾中的行走，我便无法体味人何以能驾驭无形的雾。一个“驾”字包含了人类那么多的勇气和主动，那么多的浪漫和潇洒。原来雾不只染白了草垛、冻土，不只染湿了衣着肌肤，雾还能被你步履轻松地去驾驭，这时你驾驭的又何止是雾？你分明在驾驭着雾里的一个城市，雾里的一个世界。

为何不作些黑白交替的对比呢？黑夜也能阻隔嘈杂和注视，但黑夜同时也阻隔了你注视你自己，只有大雾之中你才能够在看不见一切的同时，清晰无比地看见你的本身。你那被雾染着的发梢和围巾，你那由腹中升起的温暖的哈气。

于是这阻隔、这驾驭、这单对自己的注视就演变出了你的得意忘形。你不得不暂时忘掉“站有站相，坐有坐相，走有走相”的人间训诫，你不得不暂时忘掉脸上的怡人表情，你想到的只有走得自在，走得稀奇古怪。

我开始稀奇古怪地走，先走他一个老太太赶集：脚尖向外一撇，脚跟狠狠着地，臀部撅起来；再走他一个老头赶路：双膝一弯，两手一背——老头走路是两条腿的僵硬和平衡；走他一个小姑娘上学：单用一只脚着地转着圈儿地走；走他一个秧歌步：胳膊摆起来和肩一样平，进三步退一步，嘴里得叨念着"呛呛呛，七呛七……"走个跋山涉水，走个时装表演，走个青衣花衫，再走一个肚子疼。推车的，挑担的，背筐的，闲逛的，都走一遍还走什么？何不走个小疯子？舞起双手倒着一阵走，正着一阵走，侧着一阵走，要么装一回记者拍照，只剩下加了速的倒退，退着举起"相机"。最后我决定走个醉鬼。我是武松吧，我是鲁智深吧，我是李白和刘伶吧……原来醉着走才最最飘逸，这富有韧性的飘逸使我终于感动了我自己。

我在大雾里醉着走，直到突然碰见迎面而来的一个姑娘——你，原来你也正踉跄着自己。你是醉着自己，还是疯着自己？感谢大雾使你和我相互地不加防备，感谢大雾使你和我都措手不及。只有在雾里你我近在咫尺才发现彼此，这突然的发现使你我无法叫自己戛然而止。于是你和我不得不继续古怪着自己擦肩而过，你和我都笑了，笑容都湿润都朦胧，宛若你与我共享着一个久远的默契。从你的笑容里我看见了我，从我的笑容里我猜你也看见了你。刹那间你和我就同时消失在雾里。

当大雾终于散尽，城市又露出了她本来的面容。路灯熄了，车辆撒起了欢儿，行人又在站牌前排起了队。我也该收拾起自己的心思和步态，像大街上所有的人那样，"正确"地走着奔向我的目的地。

但大雾里的我和大雾里的你却给我留下了永远的怀念，只因为我们都在大雾里放肆地走过。也许我们终生不会再次相遇，我就更加珍视雾中一个突然的非常的我，一个突然的非常的你。我珍视这样的相遇，或许还在于它的毫无意义。

然而意义又是什么？得意忘形就不具意义？人生又能有几回忘形的得意？

你不妨在大雾时分得意一回吧，大雾不只会带给你猪皮那般实在的记忆，大雾不只会让你悠然地欣赏屋檐、冻土和草垛，大雾其实会将你挟裹进来与它融为一体。当你忘形地驾着大雾冲我踉跄而来，大雾里的我会给你最清晰的祝福。

河之女

我是来这里寻找山桃花的。20年前一位老乡就告诉过我："看山桃开花，那得等清明。"于是我记住了清明，脑子里常浮现着一个山桃的世界。那是一山的火吧，一山的粉红吧？

谁知我已耽误了19个清明。19个清明虽然都有被耽误的理由，然而每逢这天，我都坐立不安着。

我决定不再耽误第20个清明。

我踏着今年的节令来到这里，却没有看见山桃开花。在四周被浮云缠绕的山峦里，只有山正在悄悄地变绿。绿像是被云雾染成，又像是绿正染着云雾。有人告诉我，今年春寒，山桃还未开花；又有人告诉我，山桃花早已开过，是因了常有来自山外的暖风。和山里人相处，你会发现，他们常常说不准他们要说的事。对同一件事，十个人或许有十种说法。就连对你的问路，他们回答起来都各有差异。那差异仿佛来自他们的叙述方式，就好比春寒花哪能开；风暖，花哪能不开。至于花到底开过与否倒无人注意了。

于是就因了这叙述的差异，我坚信自己总能看见山桃花。于是，每天当晨光洒遍这山和谷时，我便沿一条绕山的河走起来，这河便是绕山而行的拒马河。这河不知到底绕过了多少山的阻拦，谢绝了多少山的挽留，只在一路欢唱向前。它唱得欢乐而坚韧，不达目的决不回头。只有展开一张山区地图，你才能看清，这河像是谁的手任意画出来的一团乱线。黄河才有九十九道弯，谁报告过拒马河有多少弯？这山地里流传着多少关于这河这山的故事，唯独没有关于这河湾的记载。

一条散漫的河，一条多弯的河。每过一个弯，你眼前都是一个新奇的世界。那是浩瀚的鹅卵石滩，拳头大的鸡蛋大的鹅卵石，从地铺上了天，河水在这里变作无数条涓涓细流漫石而过；那是白沙的岸，有白沙作衬，本来明澄的河水忽而变得艳蓝，宛若一河颜色正在书写这沙滩；那是草和蒿的原，草和蒿以这水滋养着自己，难怪它们茂密得使你不见地面，是绿的绒吧，是绿的毡吧。总有你再也绕不过去的时候，那是山的峡谷。峡谷把水兜起来，水才变得深不可测。然而河的歌喑哑了，河实在受不住这山的大包大揽。河与石壁冲撞着，石壁上翻卷起浪花。那是河的哭嚎吧，那是河的呐喊吧。只有这时你才不得不另辟蹊径，或是翻过一座本来无路的山，或是走出十里八里的迂回路，重新去寻找河的踪迹。你终于找到了，你面前终于又是一个新的天地。

这当是一个全新的天地。它不似滩，不似岸，不似原，是一河的女人，千姿百态，裸着自己，有的将脚和头潜入沙中，露出沙面的仅是一个臀；有的反剪双手将自己倒弓着身子埋进沙里，露着的是小腹，侧着的肩，侧着的髋，朝天的乳，朝天的脸。更有自在者，屈起双腿，再把双腿无所顾忌地叉开来，挺着一处宽阔的阴阜，一片浓密的茅草，正覆盖住羞处。有的在那羞处却连茅草也无须有，是无色的丘，无色的壑。你不能不为眼前这风景所惊呆，呆立半天你才会明白，这原本是一河石头，哪有什么女人。那突起的俱是石：白的石，黄的石，粉的石。那凹陷的俱是沙：成窝儿的沙，流成褶皱的沙，平缓的沙。那茅草就是茅草，它怎能去遮盖什么人的羞处？然而这实在又是人，是一河的女人，不然惊呆你的为什么是一河柔韧？肌腱的柔韧，线条的柔韧，胸大肌，臀大肌，腹直肌，背直肌……连髋和腰的衔接,分明都清晰可见。你实在想伸过手去轻缓地沿这腰弯抚摸,然而你又不得不却步。

当你认定这是一河巨石时,你的灵魂就要脱壳而出,你觉得你正在萌生一种信奉感,不然你为什么会面对一河巨石肃然起敬。

当你认定这是一河女人时,你就会六神无主,因为你再也逃脱不了自己的龌龊。一切都是因了女人的丰腴,女人的浑圆,女人的力。

这一河的石头,一河的女人,你们是同年同月和着一个天时一起降生,你们还是有着无言的默契,你等她,她等你,从盘古开天地直等到今天。

我想起了,就是20年前,就是有人告诉我清明山桃花开的那次,也有人告诉我一件事。他们说,这里有句俗话叫做"河里没规矩",说的是,先前,姑娘、媳妇们每逢夏季中午,便成群结队,到拒马河洗澡。她们边下河,边把衣服脱光,高高抛向河岸,一丝不挂地追逐着潜入水中。而这时,就在不远处,兴许恰有一丝不挂的男人也正享受着这水。你不犯我,我不犯你。或许偶有飘过来的笑骂,那只是笑骂,即使男人把脸朝向女人而招来的骂,也是笑着的骂,只因为"河里没规矩"。

是这一河石头一河女人,使我又想起了20年前这一句话。我怀着强烈的欲望,想去证实一下我的记忆。于是在河的高处,大山的褶皱里,我来到一个先前曾经住过的村子。一位熟悉的大嫂把我引进她的家中,我记起了那时她分明还有一位婆婆。一个家里只有这两个女人。那时的我尚是一个刚出校门不久的青年,连在炕上盘腿吃饭都不会。这位婆婆在饭桌前却把腿盘个满圆,她给我盛粥,再把指头粗的咸菜条一筷子一筷子地夹入我碗中。我嚼着咸菜,学着她们婆媳的样子,拿嘴勾着碗边呼呼喝着灰黄色的稠粥。这粥里有玉米渣子，有豆。婆婆告诉我，这豆叫豇豆，平时鲜红，一遇铁锅，自己和粥就一起变成灰色。然而味是鲜的，有一股鱼腥味。晚上我便坐在炕上，就着油灯给她们婆媳画像。她们的眼睛使劲盯着前方，不敢看我。该媳妇时，媳妇的两腮绯红；该婆婆时，婆婆脸上的皱纹便立刻僵起来。夜深了，我就着炕席睡在炕的这头，婆媳俩就睡在炕的那头，她们或许是怕我和两个女人同睡一席不习惯吧，婆婆才不由己地讲起了那个"河里没规矩"的故事。但我注意到，那个年纪稍长我的媳妇，还是睡在婆婆的那一边，让婆婆作为我和她的分界线，作为人性的证明。夜里我睡不着，但不敢翻身。

现在媳妇脸上也爬满了褶皱，婆婆的脸简直变成了一张皱纹捏成的脸。她不能再盘腿了，躺在被窝里，露着青黄的肩胛骨。炕席上一只旧碗还在，边沿只多了几个小豁口，婆媳的嘴又把它们摩挲得显出光滑。但媳妇告诉我，现时盛在碗里的已不再是灰的豆粥，而是拿麦子换来的面条。村里有电磨，也有轧面机。媳妇还懂得用"八五粉""七二粉"这些名词来解释这面的成色，说，现在每逢来客人都要用上好的"六〇粉"招待。她们真的招待我吃了"六〇粉"面条。

"六〇粉"，这当在富强粉以上吧。

我吃着"六〇粉"，还是记着那个河里没规矩的故事。我对婆婆说——差不多是凑近她的耳朵喊："您是说过'河里没规矩'这句话吧？"

婆婆一下就听懂了，用被头把裸着的肩胛骨盖盖，把脸转向我说："那是我们年幼那工夫。"

"您也下过河？"我迫不及待地问。

"怎么没有？"她说，"看见那个匣子了吗？"

婆婆的头在枕头上活动了一下，示意我去注意一只摆在迎门桌上的梳妆匣子。这是个一部线装书大小的木匣子，当年，外面显然涂过红漆，现在被灶膛的烟熏得漆黑，只有两朵牡丹花，边缘还清晰可鉴。20 年前那花本还透着粉色。我知道这是婆婆出嫁时的嫁妆，我把这匣子抱到婆婆眼前，说："上次我来，就见过它。"

婆婆说："那时候我十六。是我爹从龙门集上挑的，龙门逢五排一大集。"

"您是说 16 岁过的门?"我问。

"可不，过门后就和姐妹下河。我娘家在山那边……没河。那阵子……谁没打年幼时过过？打，闹，疯着哪！"

婆婆说着，拿眼盯住漆黑的房梁，房梁上有个挂篮子的木钩，和房梁一样黑。我记得那钩子上有时有篮子，有时没篮子。现在钩子空着，倒显得婆婆的回忆更加真切、悠远。莫不是她只相信把一个年轻的自己留在了河里？莫不是她只相信留在河里的那个自己才是自己？年幼，疯着……如今这个裸露肩胛骨的老女人，有哪点能与河里的女人相比?

婆婆闭起双眼不再和我说话，我只和媳妇作了告别。临出门，我没忘记把婆婆的梳妆匣放回原处，并告诉媳妇只要我进山，一定来看她们。

走出她们的家，我深做着自己的呼吸，觉得身上流动的净是自己的血液。我为着婆婆终于给我证实了河里的事而庆幸。其实婆婆为我证实的并非只那句老话，她使我明白了为什么面对一河石头，人非要肃然起敬不可；为什么面对一河石头，人会感到自己的龌龊。因为那里留住的是女人的青春，是女人那"疯"。有了这河里的自己，她们就不再惧怕暮年这个蜷曲着的自己，裸露着肩胛骨的自己。因为她们在河里"疯"过，也值了。

20年后的今天,我知道这里正盛传着一个新名词:旅游。城市的女人和男人都为着旅游而来到这里。他们打着太阳伞,穿着"耐克",面对这无尽的山,多弯的河,唱着"不管是西北风还是东南风都是我的歌"。也有发现这一河石头的,有时你站在山之巅遥望这河,石头上尽是红的衣,绿的伞。也有女人在河里"疯",但那是五颜六色的斑斑点点,人实在无法面对这五颜六色的斑斑点点肃然起敬。有人喝完可乐把易拉罐狠命向远处投,石头上泛着尖厉的回响。

洗桃花水的时节

一场场黄风卷走了北方的严寒，送来了山野的春天。这里的春天不像南方那样明媚、秀丽，融融的阳光只把叠叠重重的灰黄色山峦，把镶嵌在山峦的屋宇、树木，把摆列在山脚下的丘陵、沟壑一股脑儿都融合起来，甚至连行人、牲畜也融合了进去。放眼四望，一切都显得迷离，仅仅像一张张错落有致、反差极小的彩色照片。但是寻找春天的人，还是能从这迷离的世界里感受到春天的气息。你看，山涧里、岩石下，三两树桃花，四五株杏花，像点燃的火炬，不正在召唤着你、引逗着你，使你不愿收住脚步，继续去寻找吗？再往前走，还能看见那欢笑着的涓涓流水。它们放散着碎银般的光华，奔跑着给人送来了春意。我愿意在溪边停留，静听溪水那热烈的、悄悄的絮语。这时我觉得，春天正从我脚下升起。

这样的小溪我见过不少，却不知有哪一条比温泉镇村边这条溪水更招人喜爱。虽然它流经的地方是那样偏僻，那样贫瘠，每到春天，还是吸引着那么多人。

温泉镇的溪水是条热水，温泉镇也是因此而得名。一座几省闻名的温塘疗养院就设在这里。我就是在春天，去那里看望一位住院的亲人。

一路上我没想过它的容貌。温泉，你是条泼辣的瀑布从高处一泻而下，还是一股柔软的热流从地下缓缓升起？水有多大？温度有多高？那些身患宿疾的人们是怎样接受它的治疗的？对健康人，温泉的意义到底又在哪里？长途汽车跑了一段柏油路，开始进入丘陵地带。冀中平原被抛到车后，一张张反差小的“照片”又扑了过来。拔地而起的灰黄色山峦，像近在咫尺，又像远在天边，叫你怎么也摸不清它们的距离。我凭着对春天的感觉，感觉着它们的所在。很长时间，车窗外的景致变化不大。乏味的景色甚至使我产生了倦意。

“别闭眼，看磕着哪儿。”一位老大爷吆喝着他身边的小姑娘。

小姑娘抬起头四下望望，有些不好意思地眨着眼睛，脸上泛起一阵阵绯红。这使我又想起了山野里点燃起来的那些桃花、杏花，刚才的倦意也顿时消散。

“去温塘治病？”我问大爷。

“去洗桃花水。”大爷告诉我，一面攥起拳头捶打自己的膝盖。

桃花水？我虽不理解大爷的意思，却骤然感到大爷的话是那么新鲜、怡人，比刚才小姑娘的脸色所给予我的还要浓烈、美好。

我不愿再去追问洗桃花水意味着什么，也许这只是洗温泉澡的一种夸张了的形容吧，难道水里真会掺进什么桃花不成？我从这简单的话语里领略到美的享受已经足够。说穿了，单从自然科学的角度去加以注解，也许反而会失去它美好的韵致。

正午上车，黄昏前到达温泉镇。下车后，果然同车人大都走进了这座有着现代化规模设施的温塘疗养院。办完探视手续，我才想起寻找我的邻座大爷。但拥在住院处窗前的人群中却没有大爷和那位小姑娘，只有“桃花水”的声音越来越清晰地在我耳边“流动”起来……

第二天我概览了这座疗养院的全貌，也懂得了并意外地享受了温泉澡的妙处。原来那是高压水泵把地下含有氡气的温泉水抽进高入云霄的水塔，再从水塔内引进各治疗室。细腻、滑爽的温泉水注入洁白的澡盆，清澈见底。入浴时，如果不是耳边那涟涟的水声，你会觉得自己是坐在一团绵软的、暖融融的气体上，你失去了体重，你正无所依托地向一个地方上升……

这就是桃花水吧？它应该是。你看那水中泛起的一朵朵小浪花，恰似桃花开放——人们总是按照自己的臆想，去把那些美好的事物想象、形容得更美好，更理想化。否则，怎么还会有诗、演义和传奇？可我怎么也不相信自己的主观臆想，我又想到了那位同车大爷，他显然不是这座现代化疗养院的病人。桃花水一定还蕴含着别的奥妙。

紧挨疗养院是真正的温泉镇，这是个二百来户的山村。一条陷在干燥黄土里的红石板小路顺坡而下，街里几家旧板搭门脸，和门内作为营业标志的幌子，装点了这座旧镇的古风。尤其一家理发店内伸出的白布牙旗，更能使人想到古代那些古道驿站。几家烧饼铺是近两年新开张的，门上大都用店主人的姓氏写着“王记烧饼铺”“何记烧饼铺”……有的挂出一只柳条笊篱，意思是店内还兼营炒、焖、烩饼。不论新店老店，门框上都贴着吉祥的对联：生意兴隆通四海，财源茂盛达三江。这些属于生意经的传统对联，现在不知为什么似也有了新的立意。新店和老店很容易区别：新店的绿油漆、玻璃门窗不仅有别于旧式板搭门，木风箱旁边还接上电动吹风机。顾客进门一坐，只消一拉开关，三两分钟之内你就可以吃上油汪汪的炒饼、味道浓郁的豆腐汤，而那木风箱只是偶尔遇上停电时才有用场。一位姓邢的掌勺大爷，一边提刀切着饼丝，一边告诉我，半小时之内他做过四十份炒饼、四十碗豆腐汤，速度和质量都得到顾客的盛赞。这样好的生意，可惜一个倔儿子不愿接班，愿意买台小拖拉机往附近水库大坝送沙子。一天两个来回，一趟收入五块半。就这样，扔下烧饼炉走啦。

“四十份炒饼，有那么多吗？”我问。

“怎么没有？眼下正洗桃花水。”

“桃花水？在哪儿？是不是疗养院？”我一连串地追问着，虽然早已意识到自己理解上的错误。

“那算什么桃花水，把水抽上天再放下来，没劲。你顺街往西走走。”

吃完大爷的炒饼，我出门一直向西走去，不多远已是村口。土山脚下那是什么？似霞、似雾、似流动着的火焰，莫不是一片桃林？我终于又看见了那点燃在北国春天里的赳红，这才是春的信息。可桃花和水又有什么关系呢？我决定再向前走。不断有三三两两的行人迎面而来，有男有女，但大都是腿脚不利索的老人。老人们边走边用精湿的毛巾擦着脸，拧出毛巾中的水珠。他们腿脚虽欠佳，个个面容却很舒展。水，水，我好像闻到了水的芬芳。

一条坚硬、光明的小路直通桃林，原来桃林的那一边才是温泉的源头。刚才远处所见并非雾，那是温泉源头的蒸汽。那些面容舒展的老人便是从这里走出来的。穿过桃林，那边果然是一片温暖的浅滩，金黄色沙粒上蒸腾着热气。洗桃花水的人们都聚集在这里。人们在浅水里围着一个个涌出地面的泉头，高挽起裤腿，双膝跪入水中，默默地接受着大自然的陶冶。人们没有言语，只有对水的虔诚。

热爱自然，也许是人类的天性。大自然有时热烈，有时冷漠；有时温存，有时残忍。但它带给人的永远是生机，是生命的延续再延续。大自然孕育了人类，在物质文明和精神文明高度发达的今天，人们更加渴求大自然的抚慰。

对于这个温泉的记载是从战国开始的。一年一度的桃花水，千百年来你抚慰过多少黄帝的子孙，又有多少人向往着你的抚爱。但在20世纪80年代，几个小小的温泉源头，一片浅浅的温沙滩，已经远远不能满足人们的需求。温泉镇的小伙子和姑娘们，就更愿走出浅滩去享受那淋漓尽致的温泉浴。那座设备可观的温塘疗养院虽和他们没有缘分，两座温泉浴室却又出现在温泉镇的红石板街上。属于公社的那座规模虽不小，但附近三乡五村、山前山后的农民，还是愿意到一座新建的男女温泉浴室入浴。这里一切免费，连存车处都免费，因为它是靠几家个体户自愿资助兴办的，据说还有卖炒饼的大爷那位“倔儿子”一份。单看浴室门前那黑压压的一行自行车，就知道里面的盛况了。

女浴室里，姑娘们那一阵阵无所顾忌的嬉水声互相碰撞着溢出窗外，吸引我走了进去。我忽然想起格拉西莫夫那幅油画《农庄浴室》。画面上是一群集体农庄的健壮妇女，钻在浴室里，在淋漓尽致地享受热水沐浴。她们的兴致是那样高涨，体态是那样无拘无束。但和这些相比，画面上的小木屋就显得太低矮、太拥挤了。低矮的木屋，狭窄的水池，它好像包容不了这群人体的青春光华……温泉镇的女浴室可不是一座低矮的小木屋，这是一座墙壁镶有洁白瓷砖的水泥建筑。水池足有半个游泳池大，水也是饱满、充裕的。姑娘、媳妇们就在这里脱掉穿了一冬的厚棉衣，潜入水池，尽情享受水的抚爱。对，是抚爱。不然她们的身体为什么会那样丰硕、那样光彩照人；她们的面孔为什么会那样滋润、那样容光焕发？她们走出浴室，大方地走过男浴室门口，信手拨弄着披在肩上的湿漉漉的长发，骄傲地接受着小伙子们远远投来的目光。

温泉镇人用桃花来形容春天。我注意到，他们不仅爱种桃花，剪桃花窗纸、桃花门挂来装点春天，连娶进家门的新娘子也用桃花来形容。新房炕头上，新娘所坐之处都用红纸墨笔写上：桃花女在此。然而，这才是真正的桃花水。是水，是春天的水洗开了一树树面容姣好的桃花。

出浴的姑娘们扬着头走在古镇的红石板街上，走过那些挂着幌子的饭馆、店铺。她们的面容使这座古朴的温泉镇变得滋润了。

冰心姥姥您好*

在中国北方，孩子们称自己母亲的母亲为姥姥。此外，当领着孩子的母亲遇见自己所尊敬的老年女性，也常常会很自然地对孩子说："叫姥姥。"孩子清脆地叫着，姥姥无比怜爱地答应着，于是"姥姥"的含义便不单是血缘关系的一种确认，她还是可以信赖、可以依靠的象征。她每每使人想到原野肥厚、沉实的泥土和冬天的乡村燃烧着柴草的火炕的温暖气息，她充满着一种人间古老的然而永不衰竭的魅力。

第一次听见有人称冰心先生为姥姥，是她的外孙陈钢。这个英俊、聪慧的青年业余爱好摄影，也曾经为我拍过一些非常好的照片。当他得知我喜欢他的这些作品时，告诉我说："我把照片拿给我姥姥看了。"我问他姥姥说了些什么，他说："姥姥亲了我一下。"冰心先生对外孙这种独特的无言的赞赏，真能引起人善意的嫉妒！后来我还得知冰心先生从不随便夸奖她的外孙，但她却是外孙事业的默默的支持者，他们之间那一份亲情无可替代。面对这位几代人共同敬爱的文坛前辈，陈钢甚至觉得，对他本人来说，姥姥是他的姥姥，比姥姥是一位著名作家更为重要。

此后不久，我给冰心先生写了一封信，告诉她我在保定西部山区的一些生活。先生回信先是由衷地称赞了陈钢的作品，她说：

---

* 本文入选 2007 年安徽省中考语文试卷。

"陈钢给你照的相,美极了!"然后又嘱咐我说:"铁凝,你要好好地珍惜你的青春、你的才华!你有机会和农民接触,太好了!我从小和山东的农民在一起,他们真朴实,真可爱!你能好好写他(她)们吗?我想你会的,我对你抱有无限的希望……"

读着这样的信,你会发现在冰心先生那平和、宁静的外表之下,那从容、温和的目光之中,还有一份对于中国最广大的农民的深深的爱意。这爱意不仅表现在她为灾民慷慨捐款一万元,还渗透在她对青年作家描写最普通的民众之美的热烈希冀里。也许她的年龄和身体不容她再去更多的地方,但她宽厚的心怀却无处不在。

今年春天,我将自己新近出版的几本书给冰心先生寄上,很快又收到她的回信。她说:"亲爱的铁凝,大作两本(《女人的白夜》等)已收到,十分感谢!尚未细读,但我居然进入了你的作品中,我感到意外!你何时再到北京来呢?我有许多事情和话要对你说,要回的信太多,只写这几个字,祝你万福,令尊两大人前请安!"

读毕先生的信,我想起在先生给我的几封信中,都曾问过:"你何时再到北京来呢?"

我何时再到北京去呢?

1991年5月我在北京,有一天下着小雨,散文家周明陪我去看冰心先生。途中我在一家花店买了一束玫瑰,红的黄的白的,十分娇艳。

冰心先生坐在卧室书桌前等我们,短发整整齐齐,面容很有精神。看见我,她说:"铁凝你好吗?我看你很好。"我把鲜花送上,周明要拍照,冰心先生说:"来让我拿着花。"

然后她请我喝茶、吃糖,吃她的最爱吃的"利口乐"。然后她说:"搬把椅子坐在我身边吧,这样离我近些。"我坐在了她的身边。

她清澈的目光落在我身上，我感到无话可说。

我无话可说不是因为拘谨——有人在拘谨时往往更能废话连篇。我无话可说是因为受着一种气氛的感染，是因为身边这位安静的老人正安静地看着我。她一定深明了我的心意，此外的一切客套都将是我的多嘴多舌。她一定也同意我无话可说，因为当我告诉她我不知说些什么时，她说："那就让我们静静地坐一会儿。"

我很看重与冰心先生静静地坐一会儿，或许这并不比我问长问短得到的要少。在那安安静静的一小会儿里，我从这位几乎与世纪同龄的老人身上所获得的，竟是一种可以触摸的生命激情。或者可以说，没有这一刻安然的纯净，便无以获得照耀生命的激情。

是先生家那位著名的猫咪打破了这种安静，它急不可待地跳上桌子，稳坐在正中间与我打逗，调皮而又温驯，冰心先生说："它喜欢你。"

猫咪的憨态又引出了我们一些轻松的话题，关于活跃在文坛的青年作家，关于先生几次谢绝杂志请先生写写自己的提议——她不愿意过多地写自己。还谈到她喜欢和不喜欢的人，说起这些，她的态度坦率而又鲜明。

是告辞的时候了，我对冰心先生说："我不想打扰您，又想看见您，有机会我会再来看您。"我握住冰心先生柔软、微凉的双手，她对我说："只要我活着，你就来看我吧。"

春节时又收到了冰心先生的近照：她身穿黑白条纹的罩衣坐在紫红色的沙发上，怀中抱着干干净净的白色的猫咪。她的双手微微参开搭在猫咪身上，似是保护，又似是抚慰。由于镜头的缘故，手显得有些大，仿佛是摄影者有意突出先生这双姿态虔诚、以至显得稚拙的手。她坐在我的面前，目光是如此地清明，面容是如此地和善，那双纯粹老年人的手是如此质朴地微微奓着，令我不能不想起最具民间情意和通俗色彩的一个称谓——姥姥。

能够令人敬佩的作家是幸运的，能够令人敬佩而又令人可以亲近的作家则足以拥有双倍的自豪。冰心先生不仅以她的智慧、才情，她对人类的爱心和她不曾迟钝、不曾倦怠的笔，赢得了一代又一代读者，她身上散发出的那种无以言说的母性的光辉和人格力量，更给许多年轻人以他人无法替代的感染。在 20 世纪 90 年代人与人之间的称谓愈发地讲究、愈发地花哨的时候，我特别想把冰心先生称作冰心姥姥。

10 月 5 日是冰心先生 92 岁生日，秋天的好时光，到处有成熟的发香的果实。什么时候我再到北京去呢？也许我不能在您的生日那天去看您，也许看见您我仍然不会说太多的话，但只要我再次见到您，肯定会说一声："冰心姥姥您好！"

怀念孙犁先生

上世纪60年代后期，因为时局的不稳定，也因为父母离家随单位去做集体性的劳动改造，我作为一个无学可上的少年，寄居在北京亲戚家。

革命正在兴起，存有旧书、旧画报的人家为了安全，尽可能将这些东西烧毁或者卖掉。我的亲戚也狠卖了一些旧书，只在某些照顾不到的地方遗漏下零星的几册，比如床缝之间，或角落里的一张桌子腿儿底下……我的身高和灵活程度很适合同这些地方打交道，不久我便发现了丢落在这些旮旯里的旧书，计有《克雷洛夫寓言》、《静静的顿河》电影连环画等等，还有一本书脊破烂、作者不详、没头没尾的厚书，在当时的我看来应属于长篇小说吧。我胡乱翻起这本"破书"，不想却被其中的一段叙述所吸引。也没有什么特别，那只是对一个农村姑娘出场的描写。那姑娘名叫双眉，作者写她"哧哧地笑声"，写她抱着一个小孩用青秫秸打枣，细长身子，乌黑明亮的头发披在肩上，红线白线紫花线合织的方格子上衣，下身是一条短裤，光脚穿着薄薄的新做的红鞋。她仰头望着树尖，脸在太阳地里是那么白，眼睛是那么流动……细看，她脸上擦着粉，两道眉毛那么弯弯的，左边的一道却只有一半，在眼睛上面，秃秃的断了……以我当时的年龄，还看不懂这小说的时代背景是土改时期，不知道这双眉因为相貌出众，因为爱说爱笑，常遭村人的议论。吸引我的是被描绘成这样的一个姑娘本身。特别是她的流动的眼和突然断掉一半的弯眉，留给我既暧昧又神秘的印象，使我本能地感觉这类描写与我周围发生的那场革命是不一致的，正因为不一致，对我更有一种“鬼祟”的美的诱惑。那年我大约11岁。多年以后我才知道这本“破书”的作者是孙犁先生，双眉是他的中篇小说《村歌》里的女主人公。

我产生要当作家的妄想是在初中阶段。我的家庭鼓励了我这妄想。父亲为我开列了一个很长的书目，并四处奔走想办法从已经关闭的市级图书馆借出那些禁读的书。在父亲喜欢的作家中，就有孙犁先生。为了验证我成为作家的可能性，父亲还领我拜会了他的朋友、《小兵张嘎》的作者徐光耀老师。记得有一次徐老师对我说，在中国作家里你应该读一读孙犁。我立即大言不惭地答曰：孙犁的书我都读过。徐光耀老师又问：你读过《铁木前传》吗？我说，我差不多可以背诵。那年我16岁。现在想来，以那样的年龄说出这样一番话，实在有点不知深浅。但能够说明的，是孙犁先生的作品在我心中的位置。

时至今日，我想说，徐光耀是我文学的启蒙老师，他在那个鄙弃文化的时代里对我的写作可能性的果断肯定和直接指导，使我敢于把写小说设计成自己的重要生活理想；而引我去探究文学的本质、去领悟小说审美层面的魅力，去琢磨语言在千锤百炼之后所呈现的润泽、力量和奇异神采的，是孙犁和他的小说。

那时还没有“追星族”这种说法，况且把孙犁先生形容成“星”也十分滑稽。我只像许多文学青年一样，迷恋他的文字带给我们的所有愉悦，却没有去认识这位大作家的奢望。但是一个机会来了。1979年，我从插队的乡村回到城市，在一家杂志做小说编辑，业余也写小说。秋天，百花文艺出版社准备为我出版第一本小说集，我被李克明、顾传菁两位编辑热情请去天津面谈出版的事。行前作家韩映山嘱我带封信给孙犁先生。这就是我的机会，而我却面露难色。可以说，这是我没有见过世面的本能反应；也因为，我听人讲起过，孙犁的房间高大幽暗，人很严厉，少言寡语。连他养的鸟在笼子里都不敢乱叫。向我介绍孙犁的同志很注意细节的渲染，而细节是最能给人以印象的。我无法忘记这点：连孙犁的鸟都怕孙犁。韩映山看出了我的为难，指着他家镜框里孙犁的照片说："孙犁同志……你一见面就知道了。"

我带了信，在1979年秋日的一个下午，由李克明同志陪同，终于走进了孙犁先生的"高墙大院"。这是一座早已失却规矩和章法的大院，孙犁先生曾在文章里多次提及，并详细描述过它的衰败经过。如今各种凹凸不平的土堆、土坑在院里自由地起伏着，稍显平整的一块地，一户人家还种了一小片黄豆。那天黄豆刚刚收过，一位老人正蹲在拔了豆秸的地里聚精会神地捡豆子。我看到他的侧面，已猜出那是谁。看见来人，他站起来，把手里的黄豆亮给我们，微笑着说："别人收了豆子，剩下几粒不要了。我捡起来，可以给花施肥。丢了怪可惜的。"

他身材很高，面容温厚，语调洪亮，夹杂着淡淡的乡音。说话时眼睛很少朝你直视，你却时时能感觉到他的关注或说观察。他穿一身普通的灰色衣裤，当他腾出手来和我握手时，我发现他戴着一副青色棉布套袖。接着他引我们进屋，高声询问我的写作、工作情况。我很快就如释重负。我相信戴套袖的作家是不会不苟言笑的，戴着套袖的作家给了我一种亲近感。这是我与孙犁先生的第一次见面。

其后不久，我写了一篇名叫《灶火的故事》的短篇小说。篇幅却不短，大约15 000字，自己挺看重，拿给省内几位老师看，不料有看过的长者好心劝我不要这样写了，说"路子"有问题。我心中偷偷地不服，又斗胆将它寄给孙犁先生，想不到他立即在《天津日报》的《文艺》增刊上发了出来，《小说月报》也很快作了转载。当时我只是一个刚发表几篇小说的业余作者，孙犁先生和《天津日报》的慷慨使我对自己的写作"路子"更加有了信心。虽然这篇小说在技术上有着诸多不成熟，但我一向把它看做自己对文学的深意有了一点真正理解的重要开端，也使我对孙犁先生永远心存感激。

我再次见到孙犁先生是次年初冬。那天很冷，刮着大风。他刚裁出一沓沓粉连纸，和保姆准备糊窗缝。见我进屋，孙犁先生迎过来第一句话就说："铁凝，你看我是不是很见老？我这两年老得特别快。"当时我说："您是见老。"也许是门外的风、房间的清冷和那沓糊窗缝用的粉连纸加强了我这种印象，但我说完很后悔，我不该迎合老人去证实他的衰老感。接着我便发现，孙犁先生两只袄袖上，仍旧套着一副干净的青色套袖，看上去人就洋溢着一种干练的活力，一种不愿停下手、时刻准备工作的情绪。这样的状态，是不能被称作衰老的。

我第三次见到孙犁先生，是和几位同行一道。那天他没捡豆粒，也没糊窗缝，他坐在写字台前，桌面摊开着纸和笔，大约是在写作。看见我们，他立刻停下工作，招呼客人就座。我特别注意了一下他的袖子，又看见了那副套袖。记得那天他很高兴，随便地和大家聊着天，并没有摘去套袖的意思。这时我才意识到，戴套袖并不是孙犁先生的临时"武装"。一副棉布套袖到底联系着什么，我从来就说不清楚。联系着质朴、节俭？联系着勤劳、创造和开拓？好像都不完全。

我没有问过孙犁先生为什么总戴着套袖，若问，可能他会用最简单的话告诉我是为了爱护衣服。但我以为，孙犁先生珍爱的不仅仅是衣服。为什么一位山里老人的靛蓝衣裤，能引他写出《山地回忆》那样的名篇？尽管《山地回忆》里的一切和套袖并无瓜葛，但它联系着织布、买布。作家没有忘记，战争年代山里一个单纯、善良的女孩子为他缝过一双结实的布袜子。而作家更珍爱的，是那女孩子为缝制袜子所付出的真诚劳动和在这劳动中倾注的难以估价的感情，倾注的一个民族坚忍不拔、乐观向上的天性。滋养作家心灵的，始终是这种感情和天性。所以，当多年之后，有一次我把友人赠我的几函宣纸精印的华笺寄给孙犁先生时，会收到他这样的回信，他说："同时收到你的来信和惠赠的华笺，我十分喜欢。"但又说："我一向珍惜纸张，平日写稿写信，用纸亦极不讲究。每遇好纸，笔墨就要拘束，深恐把纸糟蹋了……"如果我不曾见过习惯戴套袖的孙犁先生，或许我会猜测这是一个名作家的"矫情"，但是我见过了戴着套袖的孙犁，见过了他写给我的所有信件，那信纸不是《天津日报》那种微黄且脆硬的稿纸就是邮局出售的明信片，信封则永远是印有红色"天津日报"字样的那种。我相信他对纸张有着和对棉布、对衣服同样的珍惜之情。他更加珍重的是劳动的尊严与德行，是人生的质朴和美丽。

我第四次与孙犁先生见面是 2001 年 10 月 16 日。这时他已久病在床，住医院多年。我知道病弱的孙犁先生肯定不希望被频频打扰，但是去医院看望他的想法又是那么固执。感谢《天津日报》文艺部的宋曙光同志和孙犁的女儿孙晓玲女士，他们满足了我的要求，细心安排，并一同陪我去了医院。病床上的孙犁先生已是半昏迷状态，他的身材不再高大，他那双目光温厚、很少朝你直视的眼睛也几近失明。但是当我握住他微凉的瘦弱的手，孙晓玲告诉他"铁凝看您来了"，孙犁先生竟很快作出了反应。他紧握住我的手高声说："你好吧？我们很久没有见面了！"他那洪亮的声音与他的病体形成的巨大反差，让在场的人十分惊异。我想眼前这位老人是要倾尽心力才能发出这么洪亮的声音的，这真挚的问候让我这个晚辈又难过，又觉得担待不起。在四五分钟的时间里，我也大声说了一些问候的话，孙犁先生的嘴唇一直蠕动着，却没有人能知道他在说什么。在他身上，盖有一床蓝底儿、小红花的薄棉被，这不是医院的寝具，一定是家人为他缝制的吧，真的棉布里絮着真的棉花，仿佛孙犁先生仍然亲近着人间的烟火，也使呆板的病房变得温暖。

这是我最后一次见到孙犁先生。

"我们很久没有见面了！"直至2002年7月11日孙犁先生逝世，我经常想起孙犁先生在病床上高声对我说的话。

我想，我已经很久没读孙犁先生的小说了，当今中国文坛很久以来也少有人神闲气定地读孙犁了。春天的时候，我因为写作关于《铁木前传》插图的文章，重读了《铁木前传》。我依然深深地受着感动。原来这部诗样的小说，它所抵达的人性深度是那么刻骨；它的既节制、又酣畅的叙述所成就的气质温婉而又凛然；它那清馨而又讲究的语言，以其所呈现的素朴大方使人不愿错过每一个字。当我们回顾《铁木前传》的写作年代，不能不说它的诞生是那个时代的文学奇迹；而今天它再次带给我们的陌生的惊异和真正现实主义的浑厚魅力，更加凸现出孙犁先生这样一个中国文坛的独特存在。《铁木前传》的出版距今45年了，在45年之后，我认为当代中国文坛是少有中篇小说能够与之匹敌的。孙犁先生对当代文学语言的不凡贡献，他那高尚、清明的文学品貌对几辈作家的直接影响，从未经过"炒作"，却定会长久不衰地渗透在我的文学生活中。

以我仅仅同孙犁先生见过四面的微薄感受，要理解这位大家是困难的。他一直淡泊名利，自寻寂寞，深居简出，粗茶淡饭，或者还给人以孤傲的印象。但在我的感觉里，或许他的孤傲与谦逊是并存的，如同他文章的清新秀丽与突然的冷峻睿智并存。倘若我们读过他为《孙犁文集》所写的前言，便会真切地知道他对自己有着多少不满。因此我更愿意揣测，在他“孤傲”的背后始终埋藏着一个大家真正的谦逊。没有这份谦逊，他又怎能甘用一生的时间来苛刻地磨砺他所有的篇章呢。1981 年孙犁先生赠我手书“秦少游论文”一帧：

> 采道德之理，述性命之情，发天人之奥，明死生之辩，此论理之文，如列御寇庄周之作是也；别黑白，阴阳，要其归宿，决其嫌疑，此论事之文，如苏秦之所作是也；考同异，次旧闻，不虚美，不隐恶，人以为实录，此叙事之文如司马迁班固之所作是也。

我想，这是孙犁先生欣赏的古人古文，是他坚守的为文为人的准则，他亦坦言他受着这些遗产的涵养。前不久我曾经有集中的时间阅读了一些画家和他们的作品，我看到在艺术发展史上从来就没有自天而降的才子或才女。当我们认真凝视那些好画家的历史，就会发现无一人逃脱过前人的影响。好画家的出众不在于轻蔑前人，而在于响亮继承之后适时的果断放弃。这是辛酸的，但是有欢乐；这是“绝情”的，却孕育着新生。文章之道难道不也如此吗？孙犁先生对前人的借鉴沉着而又长久，他却在同时“孤傲”地发掘出独属于自己的文学表达。他于平淡之中迸发的人生激情，他于精微之中昭示的文章骨气，尽在其中了。大师就是这样诞生的吧。在前人留给人类宝贵的文化遗产和丰富的文学遗产面前，我再次感到自己的单薄渺小，也再一次对某些文化艺术界的“狂人”那种前无古人、后无来者的莫名其妙的自大生出确凿的怀疑。

在我为之工作的河北省作家协会，有一座河北文学馆，馆内一张孙犁先生青年时代的照片使很多人过目不忘。那是一张他在抗战时期与战友们的合影，一群人散坐在冀中的山地上，孙犁是靠边且偏后的位置。他头戴一顶山民的毡帽，目光敏感而又温和，他热情却是腼腆地微笑着。对于今天的我们，对于只同他见过四面的我，这是一个遥远的孙犁先生。然而不知为什么，我越来越相信病床上那位盖着碎花棉被的枯瘦老人确已离我们远去，近切真实、就在眼前的，是这位头戴毡帽、有着腼腆神情的青年和他的那些永远也不会颓败的篇章。

一个人的热闹

读新凤霞写的回忆录,时常觉得有趣。

比如她写过一把小茶壶,好像说那是跟随她多年的心爱之物,有一天被她不小心给摔了。新凤霞不写她是怎样伤心怎样恼恨自己,只写不能就这么算了,“我得赔我自个儿一把!”后来大约她就上了街,自个儿赔自个儿茶壶去了。

摔了茶壶本是败兴的事,自个儿要赔自个儿茶壶却把这败兴掉转了一个方向;一个人的伤心两个人分担了——新凤霞要赔新凤霞。这么一来,新凤霞就给自个儿创造了一个热爱生活的小热闹。

我觉得,能把一个自己变作两个、三个乃至一百个、一万个自己的人原是最懂孤独之妙的。孤独可能需要一个人待着,像葛丽泰·嘉宝,平生最大乐事就是一个人待着。想必她是体味到,当心灵背对人类的时刻,要比在水银灯照耀下自如和丰富得多。又如海明威讥讽那些乐于成帮搭伙以壮声威的劣质文人,说他们凑在一起时仿佛是狼,个别的抻出来看看不过是狗。海明威的言辞固然尖刻,但他的内心确有一种独立面对世界的傲岸气概。令我想到孤独并非人人能有或人人配有的。孤独不仅仅是一个人待着,孤独是强者的一种勇气;孤独是热爱生命的一种激情;孤独是灵魂背对着凡俗的诸种诱惑与上苍、与万物的诚挚交流;孤独是想象力最丰沛的泉眼;而海明威的孤独则能创造震惊世界的热闹。

何不就叫“杨绛姐姐”

——我眼中的杨绛先生

作为敬且爱她的读者之一,近些年我有机会十余次拜访杨绛先生,收获的是灵性与精神上的奢侈。而杨绛先生不曾拒我,一边印证了我持续的不懂事,一边体现着先生对晚辈后生的无私体恤。后读杨绛先生在其生平与创作大事记中写下“初识铁凝,颇相投”,略安。

2007 年 1 月 29 日晚,是我第一次和杨绛先生见面。在三里河南沙沟先生家中,保姆开门后,杨绛亲自迎至客厅门口。她身穿圆领黑毛衣,锈红薄羽绒背心,藏蓝色西裤,脚上是一尘不染的黑皮鞋。她一头银发整齐地拢在耳后,皮肤是近于透明的细腻、洁净,实在不像近百岁的老人。她一身的新鲜气,笑着看着我。我有点拿不准地说:我该怎么称呼您呢?杨绛先生?杨绛奶奶?杨绛妈妈……只听杨绛先生略带顽皮地答曰:“何不就叫杨绛姐姐?”

我自然不敢,但那份放松的欢悦已在心中,我和杨绛先生一同笑起来,“笑得很乐”——这是杨绛先生在散文里喜欢用的一个句子。

那一晚,杨绛先生的朴素客厅给我留下难忘印象。未经装修的水泥地面,四白落地的墙壁,靠窗一张宽大的旧书桌,桌上堆满了文稿、信函、辞典。沿墙两只罩着米色卡其布套的旧沙发,通常客人会被让在这沙发上,杨绛则坐上旁边一只更旧的软椅。我仰头看看天花板,在靠近日光灯的地方有几枚手印很是醒目。杨绛先生告诉我,那是她的手印。七十多岁时她还经常将两只凳子摞在一起,然后演杂技似的蹬到上面换灯管。那些手印就是换灯管时手扶天花板留下的。杨绛说,她是家里的修理工,并不像从前有些人认为的,是“涂脂抹粉的人”,“至今我连陪嫁都没有呢。”杨绛先生笑谈。后来我在一次接受媒体采访时描述过那几枚黑手印,杨绛先生读了那篇文章说:“铁凝,你只有一个地方讲得不对,那不是黑手印,是白手印。”我赶紧仰头再看,果然是白手印啊。岁月已为天花板蒙上一层薄灰,手印嵌上去便成白的了。而我却想当然地认定人在劳动时留下的手印必是黑的,尽管在那晚,我明明仰望过客厅的天花板。

我喜欢听杨绛先生说话,思路清晰,语气沉稳。虽然形容自己“坐在人生的边上”,但情感和视野从未离开现实。她读《美国国家地理》,也看电视剧《还珠格格》,知道前两年走俏日本的熊人玩偶“蒙奇奇”,还会告诉我保姆小吴从河南老家带给她的五谷杂粮,这些新鲜粮食,保证着杨绛饮食的健康。跟随钱家近二十年的小吴,悉心照料杨绛先生如家人,来自乡村的这位健康、勤勉的中年女性,家里有人在小企业就职,有人在南方打工,亦有人在大学读书,常有各种社会情状自然而然传递到杨绛这里。我跟杨绛先生开玩笑说,您才是接“地气”呢,这地气就来自小吴。杨绛先生指着小吴说:“在她面前我很乖。”小吴则说:“奶奶(小吴对杨绛先生的称呼)有时候也不乖,读书经常超时,我说也不听。”除了有时读书超时,杨绛先生起居十分规律,无论寒暑,清晨起床后必先做一套钱锺书先生所教的“八段锦”,直至春天生病前,弯腰双手可轻松触地。我想起杨绛告诉我钱先生教她八段锦时的语气,极轻柔,好像钱先生就站在身后,督促她每日清晨的健身。那更是一种从未间断的想念,是爱的宗教。杨绛晚年的不幸际遇,丧女之痛和丧夫之痛,在

《我们仨》里，有隐忍而克制的叙述，偶尔一个情感浓烈的句子跳出，无不令人深感钝痛。她写看到爱女将不久于人世时的心情："我觉得我的心上给捅了一下，绽出一个血泡，像一只饱含着热泪的眼睛"；送别阿圆时，"我心上盖满了一只一只饱含热泪的眼睛，这时一齐流下泪来"。但是这一切并没有摧垮杨绛，她还要"打扫现场"，从"我们仨"的失散到最后相聚，杨绛先生独自一人又明澄勇敢、神清气定地走过近二十年。这是一个生命的奇迹，也是一个爱的奇迹。

我还好奇过杨绛先生为什么总戴着一块圆形大表盘的手表，显然这不是装饰。我猜测，那是她多年的习惯吧，让时间离自己近一些，或说把时间带在身边，随时提醒自己一天里要做的事。在《我们仨》中杨绛写下这样的话："在旧社会我们是卖掉生命求生存，因为时间就是生命。"如今在家中戴着手表的百岁杨绛，让我看到了虽从容却严谨的学者风范。而小吴告诉我的，杨绛先生虽由她照顾，但至今更衣、沐浴均是独自完成，又让我感慨：杨绛先生的生命是这样清爽而有尊严。

有时候我怕杨绛先生戴助听器时间长了不舒服，也会和先生"笔谈"。我从茶几上拿过巴掌大的小本子，把要说的话写在上面。这样的小本子是杨绛用订书器订成，用的是写过字的纸，为节约，反面再用。我在这简陋的小本子上写字，想着，当钱锺书、杨绛把一生积攒的版税千万余元捐给清华大学的学子们，是那样地毫不吝啬。我还想到作为文学大家、翻译大家的杨绛先生，当怎样地珍惜生命时光，靠了怎样超乎常人的毅力，才有了如此丰厚的著述。为翻译《堂·吉诃德》，她 47 岁开始自学西班牙语，伴随着各种运动，72 万字，用去整整 20 年。1978 年 6 月 15 日，杨绛参加了邓小平为西班牙国王胡安·卡洛斯一世和王后举行的国宴，邓小平将

《堂·吉诃德》中译本作为国礼赠送给贵宾，并把译者杨绛介绍给国王和王后。杨绛先生说，那天她无意中还听到两位西班牙女宾对她的小声议论，她们说“她穿得像个女工”。

“她们可能觉得我听不见吧，我呢，听见了。其实那天我是穿了一套整齐的蓝毛料衣服的。”杨绛说。

有时我会忆起1978年的国宴上西班牙女宾的这句话：“她穿得像个女工。”初来封闭已久、刚刚打开国门的中国，西班牙人对中国著名学者的朴素穿着感到惊讶并不奇怪，那时的中国知识分子，单从穿着看去，大约都像女工或男工。经历了太多风雨的杨绛，坦然领受这样的评价，如同她常说的“我们做群众最省事”，如同她反复说的，她是一个零。她成功地穿着“隐身衣”做大学问，看世相人生，哪怕将自己隐成一位普通女工。在做学问的同时，她也像那个时代大多数中国女性一样，操持家务，织毛衣烧饭，她常穿的一件海蓝色元宝针织法的毛衣就是在四十多年前织成的。我曾夸赞那毛衣针法的均匀平展，杨绛脸上立刻浮现出天真的得意之色。

记得有一次在北京和台湾“中研院”一位年轻学者见面，十几年前她在剑桥读博士，写过分析我的小说的论文。但这次见面，她谈的更多的是杨绛，说无意中在剑桥读了杨先生写于上世纪四十年代的两部话剧《称心如意》《弄真成假》，惊叹杨先生那么年轻就展示出来的超拔才智、幽默和驾驭喜剧的控制力。接着她试探性地问我可否引荐她拜访杨先生，就杨先生的话剧，她有很多问题渴望当面请教。虽然我了解杨绛多年的习惯——尽可能谢绝慕名而来的访客，但受了这位学者真诚“问学”的感染，还是冒失地充当了一次引见人，结果被杨绛先生简洁地婉拒。我早应知道会是这个结果，这个结果只让我更切实地感受到杨绛先生的“隐身”意愿，学问深浅，成就高低，在她已十分淡远。任何的研究或褒贬，在她亦都是身外之累吧。自此我便更加谨慎，不曾再做类似的“引见”。

2011年7月15日，杨绛先生百岁生日前，我和作协党组书记李冰前去拜望，谈及她的青年时代，我记得杨绛讲起和胡适的见面。胡适因称自己是杨绛父亲的学生，曾经去杨家在苏州的寓所拜访。父亲的朋友来，杨绛从不出来，出来看到的都是背影。抗战胜利后在上海，杨绛最好的朋友陈衡哲跟她说，胡适很想看看你。杨绛说我也想看看他。后来在陈衡哲家里见了面，几个朋友坐在那儿吃鸡肉包子，鸡肉包子是杨绛带去的。我问杨绛先生，鸡肉包子是您做的吗？杨绛先生说：“不是我做的。一个有名的店卖，如果多买还要排队。我总是拿块大毛巾包一笼荷叶垫底的包子回来，大家吃完在毛巾上擦擦手。”讲起往事，杨绛对细节的记忆十分惊人。在她眼中，胡适口才好，颇善交际。由胡适讲到“五四”，杨绛先生说：“我们大家讲‘五四运动’，当时在现场的，现在活着的恐怕只有我一个了，我那时候才8岁。那天我坐着家里的包车上学，在大街上读着游行的学生们写在小旗子上的口号‘恋爱自由，劳工神圣，抵制日货，坚持到底！’我当时不认识‘恋’字，把‘恋爱自由’读成‘变爱自由’。学生们都客气，不来干涉我。”杨绛先生还记得，那时北京的泥土路边没有阴沟，都是阳沟，下雨时沟里满是水，不下雨时沟里滚着干树叶什么的，也常见骆驼跪卧在路边等待装卸货。汽车稀少，讲究些的人出行坐骡车。她感慨那个时代那一代作家。“今天，我是所谓最老的作家了，又是老一代作家里最年轻的。”那么年轻一代中最老的作家是谁呢？——我发现当我们想到一个人时，杨绛先生想的是一代人。

温暖孤独旅程*

有一个冬天，在京西宾馆开会，好像是吃过饭出了餐厅，一位个子不高、身着灰色棉衣的老人向我们走来。旁边有人告诉我，这便是汪曾祺老。

当时我没有迎上去打招呼的想法。越是自己敬佩的作家，似乎就越不愿意突兀地认识。但这位灰衣老人却招呼了我。他走到我的跟前，笑着，慢悠悠地说："铁凝，你的脑门上怎么一点儿头发也不留呀？"他打量着我的脑门，仿佛我是他久已认识的一个孩子。这样的问话令我感到刚才我那顾忌的多余。我还发现汪曾祺的目光温和而又剔透，正如同他对于人类和生活的一些看法。

不久以后，我有机会去了一趟位于坝上草原的河北沽源县。去那里本是参加当地的一个文学活动，但是鼓动着我对沽源发生兴趣的却是汪曾祺的一段经历。他曾经被下放到这个县劳动过，在一个马铃薯研究站。他在这个研究马铃薯的机构，除却日复一日的劳动，还施展着另一种不为人知的天才：描绘各式各样的马铃薯图谱——画土豆。汪曾祺从未在什么文字里对那儿的生活有过大声疾呼的控诉，他只是自嘲地描写过，他如何从对于圆头圆脑的马铃薯无从下笔，竟然到达一种"想画不像都不行"的熟练程度。他描绘着它们，又吃着它们，他还在文中自豪地告诉我们，全中国

* 本文入选 2013 年北京平谷中考一模语文试题。

像他那样，吃过这么多品种的马铃薯的人，怕是不多见呢。我去沽源是个夏天，走在虽然凉快，但略显光秃的县城街道上，我想象着当冬日来临，塞外蛮横的风雪是如何肆虐这里的居民，而汪曾祺又是怎样挨过他的时光。我甚至向当地文学青年打听了有没有一个叫马铃薯研究站的地方，他们茫然地摇着头。马铃薯和文学有着多么遥远的距离呀。我却仍然体味着：一个连马铃薯都不忍心敷衍的作家，对生活该有怎样的耐心和爱。

1989年春天，我的小说《玫瑰门》讨论会在京召开，汪曾祺是被邀请的老作家之一。会上谌容告诉我，上午八点半开会，汪曾祺六点钟就起床收拾整齐，等待作协的车来接了。在这个会上他对《玫瑰门》谈了许多真实而细致的意见，没有应付，也不是无端地说好。在这里，我不能用感激两个字来回报这些意见，我只是不断地想起一位著名艺术家的一本回忆录。这位艺术家在回忆录里写到当老之将至时，他害怕变成两种老人，一种是俨然以师长面目出现，动不动就以教训青年为乐事的老人；另一种是唯恐被旁人称“老”，便没有名堂地奉迎青年，以证实自己青春常在的老人。汪曾祺不是上述两种老人，也不是其他什么人，他就是他自己，一个从容地“东张西望”着，走在自己的路上的可爱的老头。这个老头，安然迎送着每一段或寂寥、或热闹的时光，用自己诚实而温暖的文字，用那些平凡而充满灵性的故事，抚慰着常常是焦躁不安的世界。

我常想，汪曾祺在沽源创造出的“热闹”日子，是为了排遣孤独，还是一种难以排解的孤独感使他觉得世界更需要人去抚慰呢？前不久读到他为一个年轻人的小说集所作的序，序中他借着评价那年轻人的小说道出了一句“人是孤儿”。

我相信他是多么不乐意人是孤儿啊。他在另一篇散文中记述了他在沽源的另一件事：有一天他采到一朵大蘑菇，他把它带回宿舍，精心晾干（可能他还有一种独到的晾制方法）收藏起来。待到年节回京与家人作短暂的团聚时，他将这朵蘑菇背回了北京，并亲手为家人烹制了一份鲜美无比的汤，那汤给全家带来了意外的欢乐。

于是我又常想，一个囊中背着一朵蘑菇的老人，收藏起一切的孤独，从塞外寒冷的黄风中快乐地朝着自己的家走着，难道仅仅为了叫家人盛赞他的蘑菇汤？

这使我不断地相信，这世界上一些孤独而优秀的灵魂之所以孤独，是因为他们将温馨与欢乐不求回报地赠与了世人吧？用文学，或者用蘑菇。

汪曾祺：相信生活，相信爱

汪曾祺老离开我们13年了，但他的文学和人格，他用小说、散文、戏剧、书画为人间创造的温暖、爱意、良知和诚心却始终伴随着我们。

汪曾祺先生总让我想到母语无与伦比的优美和劲道。他对中国文坛的影响，尤其是对中青年一代作家的影响是大而深刻的。一位青年评论家曾这样写道："在风行现代派的上世纪80年代，汪曾祺以其优美的文字和叙述唤起了年轻一代对母语的感情，唤起了他们对母语的重新热爱，唤起了他们对民族文化的热爱……他用非常中国化的文风征服了不同年龄、不同文化的人，因而又显出特别的'新潮'，让年轻的人重新树立了对汉语的信心。"他像一股清风刮过当时的中国文坛，在浩如烟海的短篇小说里，他那些初读似水、再读似酒的名篇，无可争辩地占据着独特隽永、光彩常在的位置。能够靠纯粹的文学本身而获得无数读者长久怀念的作家真正是幸福的。

汪曾祺先生总让我想到"真性情"。这是一个饱含真性情的老人，一个对日常生活有着不倦兴趣的老人。他从不敷衍生活的"常态"，并从这常态里为我们发掘出悲悯人性、赞美生命的金子。让我们知道，小说是可以这样写的！窃以为，当一个人不能将真性情投入生活，又如何真挚为文？有句俗语叫做人生如戏，戏如人生。但在汪老这里却并非如此。他的人生也坎坷颇多，他却不容他的人生如“戏”;他当然写戏,却从未把个人生活戏剧化。他的人生就是人生,就像他始终不喜欢一个说法叫做“作家去一个地方体验生活”,他更愿意说去一个地方生活。后者更多了一份不计功利的踏实和诚朴,也就说不定离文学的本质更近。一个通身洋溢着人间烟火气的真性情的作家,方能赢得读者发自内心亲敬交加的感情。这又何尝不是一种境界呢。能达此境界的作家为数不多,汪老当是这少数人之一。

汪曾祺先生总让我想到“相信生活,相信爱”。因为,他就是相信生活也相信爱的,特别是当他在苦难和坎坷境遇中时。他曾被迫离别家人,下放到坝上草原的一个小县劳动,在那里画马铃薯、种马铃薯、吃马铃薯。但他从未控诉过那里的生活,他也从不放大自己的苦难。他只是自嘲地写过,他如何从对圆头圆脑的马铃薯无从下笔,竟然达到一种想画不像都不行的熟练程度。他还自豪地告诉我们,全中国像他那样,吃过那么多品种的马铃薯的人,怕是不多见呢。这并不是说,汪曾祺先生被苦难所麻木。相反,他深知人性的复杂和世界的艰深。他的不凡在于,和所有这些相比,他更相信并尊重生命那健康的韧性,他更相信爱的力量对世界的意义。我想说,实际上汪曾祺先生的心对世界是整个开放的,因此在故事的小格局里,他有能力呈现心灵的大气象。他曾在一篇散文中记述过他在那个草原小县的一件事:有一天他采到一朵大蘑菇,他把它带回宿舍精心晾干收藏起来。待到年节回北京与家人短暂团聚时,他将这朵蘑菇背回了家,并亲手为家人烹制了一份极其鲜美的汤,那汤给全家带来了意外的欢乐。

2009年5月17日,汪曾祺先生忌日的第二天,我去福田公墓为汪曾祺先生献花。那天太阳很好,墓园十分安静。我随着立在路边的指示牌的引导,寻找汪老的墓碑。我终于在一面指示牌上看见了汪老的名字，那上面标明他的位置在“沟北二组”。沟北二组，这是一个让我感到生疏的称谓。我环顾四周，原来一排排墓碑被一行行生机勃勃的桃树环绕。几位农人模样的男子正散站在树下仔细地修剪桃枝。从前这公墓说不定就是村子里的一片桃园吧？而此时的汪老，就仿佛成为了这个村庄被编入“沟北二组”的一名普通村民。记得有一篇写汪老的文章里说，汪老是当代中国最具名士气质的文人。以汪老的人生态度，以他的真性情，“名士”、“村民”或者都不重要，若硬要比较，也许汪老更看重过往生命的平实和普通。我在汪曾祺先生与夫人合葬的简朴的墓碑前献上鲜花，我再次确信，汪老他早就坦然领受了头顶上这个再寻常不过的新身份，这儿离有生命的树和孕育生命的泥土最近。走出墓地时我才发现进门处还有一则“扫墓须知”，其中一条写道，“有献鲜花者，务请将花撕成花瓣撒在墓碑四周以防被窃”。但我没有返回“沟北二组”把鲜花撕成花瓣——心意已经在那儿，谁又能真的偷走呢？

今天，在汪曾祺先生的家乡，怀念他、热爱他的人们以这样的规模和如此的隆重，来追忆这位中国现代文学的杰出人物，这一方水土的文化财富，使我感受到高邮润泽、悠远的文化积淀；我也愈加觉得，一个民族，一座城市，是不能没有如汪老这样一些让我们亲敬交加的人呼吸其中的。也因此，这纪念活动的意义将会超出文学本身。它不仅让我们在 21 世纪这个竞争的压力大于美好情感相互赠与的时代，依然相信生活、相信爱，也唤起我们思索：在经济全球化的大背景之下，我们当怎样珍视和传承独属于我们民族的优雅的精神遗产，当怎样积攒和建设理性而积极的文化自信。

天籁之声，隐于大山

贾大山是河北省新时期第一位获全国优秀短篇小说奖的作家。1980 年，他在短篇小说《取经》获奖之后到北京中国作协文学讲习所学习期间，正在文坛惹人注目。那时还听说日本有个“二贾研究会”，专门研究贾平凹和贾大山的创作。消息是否准确我不曾核实，但已足见贾大山当时的热闹景象。

当时我正在保定地区的一个文学杂志任小说编辑，很自然地想到找贾大山约稿。好像是 1981 年的早春，我乘长途汽车来到正定县，在他工作的县文化馆见到了他。已近中午，贾大山跟我没说几句话就领我回家吃饭。我没有推辞，尽管我与他并不熟。

我被他领着来到他家，那是一座安静的狭长小院，屋内的家具不多，就像我见过的许多县城里的居民家庭一样，但处处整洁。特别令我感兴趣的是窗前一张做工精巧的半圆形硬木小桌，与四周的粗木桌椅比较很是醒目。论气质，显然它是这群家具中的“精英”。贾大山说他的小说都是在这张桌子上写的，我一面注意这张硬木小桌，半开玩笑地问他是什么出身。贾大山却一本正经地告诉我，他家好几代都是贫下中农。然后他就亲自为我操持午饭，烧鸡和油炸馃子都是现成的，他只上灶做了一个菠菜鸡蛋汤。这道汤所以给我留下了很深的印象，是因为大山做汤时程序的严格和那成色的精美。做时，他先将打好的鸡蛋泼入滚开的锅内，再把菠菜撒进锅，待汤稍沸锅即离火。这样菠菜翠绿，蛋花散得地道。至今我还记得他站在炉前打蛋、撒菜时那潇洒、细致的手势。后来他的温和娴静的妻子下班回来了，儿子们也放学回来了。贾大山陪我在里屋用餐，妻儿吃饭却在外屋。这使我忽然想起曾经有人告诉我，贾大山是家中的绝对权威，还告诉我，他的妻儿与这“权威”配合得是如何默契。甚至有人把这默契加些演绎，说贾大山召唤妻儿时就在里屋敲墙，上茶、送烟、添饭都有特定的敲法。我和贾大山在里屋吃饭没有看见他敲墙，似乎还觉出几分缺欠。有一点是毫无疑问的，贾大山有一个稳定、安宁的家庭，妻子与他同心同德。

那一次我没有组到贾大山的稿子，但这并不妨碍贾大山给我留下的初步印象，这是一个宽厚、善良，又藏有智慧的狡黠和谋略、与乡村有着难以分割的气质的知识分子，他嘴阔眉黑，面若重枣，神情的持重多于活跃。

他的外貌也许无法使你相信他有过特别得宠的少年时代。在那个时代里他不仅是历选不败的少先队中队长，他的作文永远是课堂上的范文，而且办墙报、演戏他也是不可少的人物。原来他自幼与戏园子为邻，早就在迷恋京剧中的须生了。有一回贾大山说起京剧忍不住站起来很帅地踢了一下腿，脚尖正好踢到鼻梁上，那便是风华少年时的童子功了。他的文学生涯也要追溯到中学时代在地区报纸上发表小说时。如果不是1958年在黑板报上发表了一首寓言诗，很难预料这个多才多艺的男孩子会有怎样的发展。那本是一首慷慨激昂批判右派的小诗，不料一经出现，全校上至校长下至教师却一致认为那是为右派鸣冤叫屈、企图颠覆无产阶级专政的反动寓言。16岁的贾大山蒙了，校长命他在办公室门口的小榆树下反省错误，下了一夜雪，他站了一夜。接着便是无尽的检查、自我批判、挖反动根源等，最后学校以警告处分了结此案。贾大山告诉我，从那时起他便懂得了“敌人”这个概念，用他的话说：“三五个人凑在一块儿一捏鼓你就成了阶级敌人。”

他辉煌的少年时代结束了，随之而来的是因病辍学，自卑，孤独，以及为了生计的劳作，在砖瓦厂的石灰窑上当临时工，直到 1964 年响应号召作为知青去农村。也许他是打算终身做一名地道的正定农民的，但农民却很快发现了他有配合各种运动的“歪才”。于是贾大山在顶着太阳下地的业余时间里演起了“乐观的悲剧”。在大队俱乐部里他的快板能出口成章：“南风吹，麦子黄，贫下中农收割忙……”后来沿着这个“快板阶梯”他竟然不用下地了，他成为村里的民办教师，接着又成为入党的培养对象。这次贾大山被吓着了——使他受到惊吓的是当时的极“左”路线：入党意味着被反复地、一丝不苟地调查，说不定他 16 岁那点陈年旧账也得被翻腾出来。他的自尊与自卑强烈主宰着他不愿被人去翻腾。那时的贾大山一边做着民办教师，一边用他的编写才华编写着那个时代，还编出了“好处”。他曾经很神秘地对我说：“你知道我是怎么由知识青年变成县文化馆的干部么？就因为我们县的粮食‘过了江’。”

据当时报载，正定县是中国北方第一个粮食“过江”的县。为了庆祝粮食“过江”，县里让贾大山创作大型剧本，他写的剧本参加了全省的会演，于是他被县文化馆“挖”了上来。“所以”，贾大山停顿片刻告诉我：“你可不能说文艺为政治服务不好，我在这上边是沾了大光的。”说这话时他的眼睛超乎寻常的亮，他那两只狭长的眼睛有时会出现这种超常的光亮，那似是一种有重量的光在眼中的流动，这便是人们形容的犀利吧。犀利的目光，严肃的神情使你觉得你是在听一个明白人认真地讲着糊涂话。这个讲着糊涂话的明白人说：“干部们就愿意指挥种树，站在你身边一个劲儿叮嘱：

‘注意啊注意啊，要根朝下尖朝上，不要尖朝下根朝上啊！’”贾大山的糊涂话讲得庄重透彻而不浮躁，有时你觉得天昏地暗，有时你觉得唯有天昏地暗才是大彻大悟。

1986 年秋天我又去了正定，这次不是向大山约稿，是应大山之邀。此时他已是县文化局长——这似乎是我早已料到的，他有被重新发现、重新“挖”的苗头。

正定是河北省著名的古城，千余年来始终是河北重镇之一。曾经，它虽以粮食“过江”而大出过风头，但最为实在的还是它留给当今社会的古代文化。面对城内这“檐牙高啄”“钩心斗角”的古建筑群，这禅院寺庙，做一名文化局长也并非易事。局长不是导游，也不是只把解说词背得滚瓜烂熟就能胜任的讲解员，至少你得是一名熟悉古代文化的专家。贾大山自如地做着这专家，他一面在心中完整着使这些祖宗留下的珍贵遗产重放光彩的计划，一面接应各路来宾。即使面对再大的学者，专家贾大山也不会露“怯”，因为他的起点不是只了解那些静穆的砖头瓦块，而是佛家、道家各派的学说和枝蔓。这时我作为贾大山的客人观察着他，感觉他在正定这片古文化的群落里生活得越来越稳当妥帖，举止行动如鱼得水。那些古寺古塔仿佛他的心爱之物般被他摩挲着，而谈到他和那些僧人、住持的交往，你在夏日习习的晚风中进一趟临济寺便能一目了然了，那时十有八九他正与寺内住持焦师傅躺在澄灵塔下谈天说地，或听焦师傅演讲禅宗祖师的“棒喝”。

几年后大山又任县政协副主席。他当局长当得内行、自如，当主席当得庄重、称职。然而他仍旧是个作家，可能还是当代中国文坛唯一只写短篇小说的作家，且对自己的小说篇篇皆能背诵。在和大山的交往中，他给我讲了许多农村和农民的故事，那些故事与他的获奖小说《取经》已有绝大不同。如果说《取经》这篇力作由于受着当时文风的羁绊，或许仍有几分图解政策的痕迹，那么这时贾大山的许多故事你再不会漫不经心地去体味了。虽然他的变化是徐缓的，不动声色的，但他已把目光伸向他所熟悉的底层民众灵魂的深处，于是他的故事便构成了一个贾大山造就的世界。在那个世界里有乐观的辛酸，优美的丑陋，诡谲的幽默，愚钝的聪慧，冥顽不化的思路和困苦中的温馨……

贾大山讲给我的故事陆续地变成了小说。比如一位穷了多半辈子终于致富的老汉率领家人进京旅游，当从未坐过火车的他发现慢车票比快车票便宜时居然不可思议地惊叹："慢车坐的时候长，怎么倒便宜？"比如"社教"运动中，某村在阶级教育展览室抓了一个小偷，原来这小偷是在偷自己的破棉袄，白天他的棉袄被作为展品在那里展览，星夜他还得跳进展览室将这棉袄(他爷爷讨饭时的破袄)偷出御寒。再比如他讲的花生的故事：贾大山当知青时花生是中国的稀有珍品，那些终年不见油星的百姓趁队里播种花生的时机，发了疯似的带着孩子去地里偷花生种子解馋。生产队长恪守着职责搜查每一个从花生地里出来的社员，当他发现他 8 岁的女儿嘴里也在嚅动时，便一个耳光打了过去。一粒花生正卡在女儿气管里，女儿死了。死后被抹了一脸锅底黑，又让人在脸上砍了一斧子。抹黑和砍脸是为了吓唬鬼，让这孩子在阴间不被鬼缠身。

很长一段时间里我读贾大山小说的时候，眼前总有一张被抹了黑又被砍了一斧子的女孩子的脸。我想，许多小说家的成功，大约不在于他发现了一个孩子因为偷吃花生种子被卡死了，而在于她死后又被亲人抹的那一脸锅底黑和那一斧子。并不是所有小说家都能注意到那锅底黑和那一斧子的。后来我读大山一篇简短的《我的简历》，写到"1996 年秋天，铁凝同志到正定，闲谈的时候，我给她讲了几个农村故事。她听了很感兴趣，鼓励我写下来，这才有了几篇‘梦庄记事’。”今天想来，其实当年他给我讲述那些故事时，对“梦庄记事系列”已是胸有成竹了。而让我永远怀念的，是与这样的文坛兄长那些不可再现的清正、有趣、纯粹、自然的文学“闲谈”。在21世纪的当下，这尤其难得。

一些文学同行也曾感慨为什么贾大山的小说没能引起持续的应有的注意？可贾大山仿佛不太看重文坛对他的注意与否。河北省曾经专门为他召开过作品讨论会，但是他却没参加。问他为什么，他说“多一事不如少一事”。小说发表时他也不在乎大报名刊，写了小说压在褥子底下，谁要就由谁拿去。他告诉我说；“这褥子底下经常压着几篇，高兴了就隔着褥子想想，想好了抽出来再改。”在贾大山看来，似乎隔着褥子比面对稿纸更能引发他的思路。隔着褥子好像他的生活能够沉淀得更久远、更凝练、更明晰。隔着褥子去思想还能使他把小说越改越短。这让我想起了不知是谁的名句：“请原谅我把信写得这么冗长，因为我没有时间写得简短。”

写得短的确需要时间需要功夫，需要世故到极点的天真，需要死不悔改地守住你的褥子底下(独守寂寞)，需要坦然面对长久的不被注意。贾大山发表过50多篇小说，生前没有出版过一本小说集，在20世纪90年代不能说是当红作家，但他却不断被外省文友们打听询问。在“各领风骚数十天”的当今文坛，这种不断地被打听已经证明了贾大山作品留给人的印象之深。他一直住在正定城内，一生只去过北京、保定、石家庄、太原。1993年到北戴河开会才第一次——也是唯一一次看见了海。北戴河之后的两年里，我没有再见贾大山。

1995年秋天，得知大山生了重病，我去正定看他。路上想着，大山不会有太重的病。他家庭幸福，生活规律，深居简出，善以待人，他这样的人何以会生重病？当我在这个秋天见到他时，他已是食道癌(前期)手术后的大山了。他形容憔悴，白发很长，蜷缩在床上，声音喑哑且不停地咳嗽。疾病改变了他的形象，他这时的样子会使任何一个熟识从前他的人难过。只有他的眼睛依然如故，那是一双能洞察世事的眼：狭长的，明亮的。正是这双闪着超常光亮的眼使贾大山不同于一般的重病者，它鼓舞大山自己，也让他的朋友们看到一些希望。那天我的不期而至使大山感到高兴，他尽可能显得轻快地从床上坐起来跟我说话，并掀开夹被让我看他那骤然消瘦的小腿——"跟狗腿一样啊"，他说，他到这时也没忘幽默。我说了些鼓励他安心养病的话，他也流露了许多对健康的渴望。看得出这种渴望非常强烈，致使我觉得自己的劝慰是如此苍白，因为我没有像大山这样痛苦地病过，我其实不知道什么叫健康。

1996年夏天，蒋子龙应邀来石家庄参加一个作品讨论会，当我问及他想看望哪些朋友时，蒋子龙希望我能陪他去看贾大山，他们是中国作协文讲所的同学。是个雨天，我又一次来到正定。蒋子龙的到来使大山显得兴奋，他们聊文讲所的同学，也聊文坛近事。我从旁观察贾大山，感觉他形容依然憔悴，身体更加瘦弱。但我却真心实意地说着假话，说看上去他比上次好得多。病人是要鼓励的，这一日，大山不仅下床踱步，竟然还给蒋子龙唱了一段京剧。他强打着精神谈笑风生，他说到对自己所在单位县政协的种种满意——我用多贵的药人家也不吝惜，什么时候要上医院，一个电话打过去，小车就开到楼门口来等。他很知足，言语中又暗暗透着过意不去。他不忍耽误我们的时间，似又怕我们立刻离去。他说你们一来我就能忘记一会儿肚子疼；你们一走，这肚子就疼起来没完了。如果那时癌细胞已经在他体内扩散，我们该能猜出他要用多大毅力才能忍住那难以言表的疼痛。我们告辞时他坚持下楼送我们。他显然力不从心,却又分明靠了不容置疑的信念使步态得以轻捷。他仿佛以此告诉人们,放心吧,我能熬过去。

贾大山是自尊的,我知道在他生命的最后时刻,当着外人他一直保持着应有的尊严和分寸。小梅嫂子(大山夫人)告诉我,只有背着人,他才会为自己这迟迟不好的病体焦急万分地打自己的耳光,也擂床。

1997 年 2 月 3 日(农历腊月二十六),是我最后一次见到贾大山。经过石家庄和北京两所医院的确诊,癌细胞已扩散至大山的肝脏、胰脏和腹腔。大山躺在县医院的病床上,像每次一样,见到我们立即挣扎着从床上坐起来。这时的大山已瘦得不成样子,他的病态使我失去了再劝他安心养病的勇气。以大山审时度势的聪慧,对自己的一切他似亦明白。于是我们不再说病,只不着边际地说世态和人情。有两件事给我留下深刻的印象,一件是大山讲起某位他认识的官员晚上出去打麻将,说是两里地的路程也要乘小车去。打一整夜,就让司机在门口等一整夜。大山说:“你就是骑着个驴去打麻将,也得喂驴吃几口草吧,何况司机是个人呢!”说这话时他挥手伸出食指和中指指着一个什么地方,义愤非常。我未曾想到,一个病到如此的人,还能对一件与他无关的事如此认真。可谁又敢说这事真的与他无关呢?作为作家的贾大山,正是这种充满着正义感和人性尊严的情感不断成就着他的创作。他的疾恶如仇和清正廉洁,在生他养他的正定城有口皆碑。我不禁想起几年前那个健康、幽默、出口成章的贾大山,他曾经告诉我们,有一回,大约在他当县文化局长的时候,局里的话务员接到电话通知他去开一个会,还问他开那么多会真有用的有多少,有些会就是花国家的钱吃吃喝喝。贾大山回答说这叫“酒肉穿肠过,工农留心中”。

他是在告诫自己酒肉穿肠过的时候别忘了心中留住百姓呢，还是讥讽自己酒肉穿肠过的时候百姓怎还会在心中留呢？也许告诫、讥讽兼而有之，不经意间透着沉重，正好比他的有些小说。

1997年2月3日，与大山的最后一次见面，还听他讲起另一件事：几个陌生的中学生曾经在病房门口探望他。他说他们本是来医院看同学的，他们的同学做了阑尾炎手术，住在贾大山隔壁。那住院的同学问他们，你们知道我隔壁住着谁吗？住着作家贾大山。几个同学都在语文课本上读过贾大山的小说，就问我们能不能去看看他。这同学说他病得重，你们别打扰，就站在门口，从门上的小窗户往里看看吧。于是几个同学轮流凑到贾大山病房门前，隔着玻璃看望了他。这使大山心情很不平静，当他讲述这件事时，他的嗓音忽然不再暗哑，他的语气十分柔和。他不掩饰他的自豪和对此事的在意，他说："几个陌生的中学生能想到来看看我，这说明我的作品对人们还是有意义的，你说是不是？"他的这种自豪和在意使我忽然觉得，自1995年他生病以来，虽有远近不少同好亲友前来看望，但似乎没有谁能抵得上几个陌生的中学生那一次短暂的隔窗相望。寂寞多年的贾大山，仿佛只有从这几个陌生的孩子身上，才真信了他确有读者，他的作品的确没被遗忘。

1997年2月20日（正月十四）大山离开了我们，他同疾病抗争到最后一刻。小梅嫂子说，他正是在最绝望的时候生出了比以往任何时候都大的希望，他甚至决心在春节过后再去北京治病。他的渴望其实不多，我想那该是倚仗健康的身体，用明净的心，写好的东西。如他自己所期望的："我不想再用文学图解政策，也不想用文学图解弗洛伊德或别的什么。我只想在我所熟悉的土地上，寻找一点天籁之声，自然之趣，以娱悦读者，充实自己。"虽然他已不再有这样的可能，但是观其一生，他其实一贯是这样做的。他这种难能可贵的“一贯”,使他留给文坛、留给读者的就不仅是独具气韵的小说,还有他那令人钦佩的品性：善意的,自尊的,谨慎的,正直的。他曾在一篇小说中借着主人公、一个鞋店掌柜的嘴说过：“人也有字号,不能倒了字号。”文章至此,我想说,大山的作品不倒,他人品的字号也不倒。

贾大山作品所传递出的积极的道德秩序和优雅的文化价值,相信能让还不熟知他的读者心生欢悦,让始终惦念他的文学同好们长存敬意。

我看张立勤

张立勤祖籍山东，生长在河北，是河北文坛近年来逐渐显露独特艺术个性的青年散文家之一。

1978年张立勤开始文学创作，这之前她是塞外山城张家口一个电厂的工人。再往前，她还做过建筑公司仓库搬运工，在一间货场的铁路两旁搬了好几年石头。那年她才15岁，因为父亲的历史问题，她获得了搬石头的待遇。如今已是张家口市文联编辑的张立勤，白皙、纤小，令你怎么也想不到她和石头有过什么联系，只待她锁起眉头倔强地思考时，你才不疑她曾经有过好几年的壮工生涯。她告诉我说她的青春期是同石头一起度过的，她常常忘记究竟她是石头还是石头是她。

并不是所有的苦难都能使人同文学结缘，但说起张立勤的散文创作就不能不谈及她的死，张立勤死过一回。

她的散文《望不见望不见望不见》中这样介绍说："那年秋，我的手臂患恶性肿瘤。手术前，往血管里注射了一种从牛身上提取的物质做成的药，可以在激光下显示癌细胞以确定切除范围。打了此药要求严格避光三个月，否则，眼睛会坏，皮肤会溃烂。"癌使张立勤在医院躺了半年，在密不透光的黑房间挨过一百天。服药使她的长发全部脱落，她曾经为她这不期而至的"秃头秃脑"悲痛欲绝。如今一切都已成为过去，穿越了死亡的张立勤又长出很好的黑头发，活得无所顾忌，写得也无所顾忌了。

从死的牢狱里出来就不再怕活了。

从死的牢狱里出来才知道什么是活了。

因此我老是习惯把张立勤的散文创作分为两个阶段,即:她“死”之前和死而复生之后,并且我更加偏爱她病愈之后的那些新作。这个话题涉及到张立勤在1988年的表现。

迄今为止,张立勤已在《人民日报》、《光明日报》、《散文》、《随笔》、《河北文学》等报刊发表散文60余篇,而在1988年一年间她就发表散文18篇,约占她全部作品的三分之一,其中包括《痛苦的飘落》——这篇宣布了她肉体的新生和灵魂的新生的文字。可以说,张立勤1988年的作品汇聚了她第二阶段创作的主要品质。

把《痛苦的飘落》看做张立勤散文的代表作也许不为过分,它比较集中而鲜明地体现了作者对于青春岁月、生命状态的所感所悟,生死的和解与冲突,新鲜、蓬勃的艺术想象力以及她始终追求的那种“有我之境”的个性特征。这里她披露了一个面临死亡之门的少女从哀叹秀发的脱落、悲悯青春的枯萎到坦然面对死神、面对自己如黄土一般的光秃头顶,直至战胜这一切并热烈地重新生活的心路历程。她把她的秀发比作青春的旗帜、少女的江河,她说:“我的长发,是我女孩子的生涯;我的长发,是我女孩子的格调;我的长发,是我女孩子的魅力。”

长发的飘落无疑是痛苦的,但当有一天她终于敢面对镜子看见自己秃头上滋生出如新草一般的茸茸黑发时,突然发现那飘落的也许是痛苦,于是她开始了她的新生。在看清了生与死两个世界壮观的临界点之后,她被她自己所发现了。她决意抓紧时间真挚地活着,并在有一天妩媚地死去。于是对青春柔情如水样的热恋和对死亡近乎狂躁的坦荡构成了张立勤散文创作的主要情绪特征,隐匿的狂躁和赤裸的柔情被她巧妙地结合在叙述之中。

狂躁起来张立勤觉得“风把大地掀上了蓝天”,而她多么“想把这破碎的生活组合”。似水的柔情使张立勤觉出匆忙的青春期连一件旧军衣也自有它的可爱:“腰带把发白的军衣束成了超短裙”,而“树叶分明是生命的衣裙”……当“少女的江河”重又在少女头顶汩汩流淌的时候,她愿意宽容她那简单、乏味的青春,那曾经被她苛刻难为过的青春,她愿意宽容她的许多纯真的错误,告别那一份“太不懂得生活分量的稚嫩”,她发现“什么样的命运都可以哭、可以歌;也如梦,也如醒;不顾你怎样生活,若有知,若无知;也必死,也必生。”

她的心胸就随着她的病痛渐渐博大起来;她的情愫就随着她逝去的苦难渐渐深厚起来。她甚至微笑着认可了血管中流淌着牛身上的物质:“今后是否我有了牛的成分,谁知道女孩子有了牛的韵味会变成什么样子? 牛的缓慢,牛的嗓门,牛的眼睛吊一点很亮很美。牛的气质与性情也会有,憨厚大度傻乎乎也很倔。我与牛融为一体,牛的天空太阳乌云,牛的犄角尾巴哞哞地歌唱。我想象着牛和我、我和牛,果真像了牛那样去忍受。我仿佛开始坦荡甘愿向那一个地方走去,听说要越过一个门槛,牛越过它的时候,便痴情地哭……”(《望不见望不见望不见》)

张立勤的目光也不再限于病情和复生,笔触伸展到苍山、古镇、老街、故土以及将军的旧居、广袤的草原……在草原的蒙古包里饮酒之后她发现“醇甜的沉醉容易忘却,却催生了被忘却的沉醉”(《草原印象》);当她觉出山脚下那个小镇的滞缓时则说:“小镇的憋闷,还有山的宽容;城市纷繁的浓密,只有心的宽容了。”(《拼贴的情愫》)

“有我之境”自古造就了不少名句,比如“泪眼问花花不语,乱红飞入秋千去”什么的。比之此境,张立勤则少有不可自拔的缠绵,更多些生机勃发的意气。世间万物启迪着她的觉悟,她在这觉悟之中真切地尊重独属自我的生命体验。她的字里行间似乎有着这样一种努力：不忸怩地倾诉着人生的诸多难处与尴尬，不掩饰地诱惑读者依旧随她一道喜悦人生。她的叙述时显纷乱却不琐碎；她的思绪每每沉郁却不颓唐；她的段落常呈大的跳跃却有序地袒露着最深处的精神本质。她愿意把散文变成她的存在方式，她说过："我仿佛是一种媒介，生活穿过我走到了纸上，那纸上就有了我的血脉和气息。"要紧的不是生活走到了纸上，要紧的是在于"生活穿过我"。

我曾经问及张立勤最初写散文的契机，她说也许因为她贪婪地读过《反杜林论》，恩格斯让她明白了，其实在很深的层次上哲学与情感是那样地融为一体，她相信散文能够表现这种美妙的融合。她又说她的散文是新的情感形式与新的生活不断地撞击。

要紧的是你的灵魂果真产生着这种撞击，还有你对新的情感形式的领悟。也许这就是散文的难处和散文的魅力吧。人们常说如何地作小说却不曾讲起如何"作"散文，足见散文的不可制作。又每每觉得小说是该阅读的，而好的散文本可以倾听，因为它其实是一条生命里流出来的心声。只有不断探求这种艺术形式的独特前景，散文才有可能不断获得新的地位。

1987年秋，作协河北分会和张家口市文联联合召开了张立勤散文讨论会；《痛苦的飘落》被转载五次，于1989年获得第三届河北省文艺振兴奖；1990年她的两本散文集也即将出版。（张立勤已不是初涉文坛，她的丈夫却依然为她保留了"记账"的习惯：他为她订制了一个小本，每寄出一篇新作，他都要为她写上寄出日期、内容提要、收到编辑部回信日期以及编辑评语……）张立勤默许了丈夫这份看似幼稚的热心，他们毫不敷衍地生活着、写着。

这样地生活着是幸福的吧，才生出了那么认真的诉说。

小小的晚霞

今年春天,我在河北家中接待了日本学者池泽实芳一家。池泽先生是日本福岛大学教授,年纪不到五十,多年来致力于研究当代中国文学和翻译我的小说。他的夫人真澄女士是一所中学的电脑教师,生性活泼、热情,会弹钢琴。他们的儿子名叫竹叶,正读初中。

我与池泽一家相识于十年前。那时,池泽先生被河北一所大学聘为日语教师,携带家眷,在我所居住的城市安顿下来。我们认识不久,池泽夫妇便诚邀我去他们家做客。在他们简单的临时寓所里,池泽夫人隆重地为我表演茶道。她的高髻盛装,杯中香茗,以及古朴瓷瓶中代替鲜花的青春,营造出一种宁静、淳美的气氛,给我留下了深刻印象。我在散文《草戒指》中,表达了当时的感受。后来,我便也邀请池泽一家来我家做客。记得每一次相聚大家都很开心,特别是四岁的竹叶,似乎很习惯我的家庭——可能他在校园里太寂寞了吧。池泽先生告诉我,专家食堂厨师的儿子是他唯一的朋友,竹叶常跟随这朋友攀爬厨房门前的煤堆。他小小年纪来到中国,水土也不服,加之蚊虫叮咬,脸上、胳膊上总是带着几粒小红疙瘩。使大家开心的也许还有我家的菜肴。由于父亲非同一般的烹调技艺,也由于父母对我的客人一贯的热情,我们这种不定期的聚会一直延续到一年后池泽一家离开中国。这期间,池泽先生还把他的两位日本同事带到我家。其中一位先生很能喝酒,一次在吃饭时他忽然发现酒柜中有一瓶品牌为“菊正宗”的日本清酒，便带着馋酒的人特有的神情问我能不能让他尝一点。于是，我便把这瓶“珍藏”着的另一位日本朋友送给我的“菊正宗”献出来了。他喝着，口中不时发出陶醉般的感叹，然后他就像回到家一样，然后他流着泪，唱起歌来。仿佛是些民间小调，思乡的意味很浓。

那晚客人离开后，父亲对我说，饭桌上池泽先生他们的歌声，忽然引他想起一段少年往事。半个世纪前，他是冀中平原上的一个乡村少年，他们村子附近驻扎着一支日本军队，一个小队吧，二三十人。那些日本兵每天傍晚都要排着队唱歌，每天唱的都是同一首歌。他们头戴战斗帽，肩荷“三八”式步枪，右手高抬，步伐整齐，狠命踏着脚下的黄土。随着行进的步伐，黄土在他们脚下飞溅。他们那唱不如说是吼。每天是同一种步伐，每天是同一首歌。久之，父亲竟记住了那歌词、那旋律，但他终归不解其意。他只是想，他们那歌一定和那场侵略战争有关。他们那歌唱不是娱乐，他们口中的歌儿如同他们头上的钢盔、肩上的刺刀、脚上的皮靴，那是他们欺侮中国人的武装。这供军队天天放声的歌儿不是在鼓动这些军人侵略别国的士气又能是什么呢？久而久之，那遥远的旋律总像是他心中一个阴影，一个永久的不快。他对我说，刚才他很想打断饭桌上日本客人的歌声，问问他们知不知道有这样一首旧歌，这首歌在残酷的 1942 年被驻扎在冀中乡村的一支日本军队反复咏唱。半个世纪以来，其实父亲一直很想知道他们唱的究竟是些什么。

我对父亲说，为什么不问问池泽先生。父亲说，势必要引出些尴尬。我们的谈话没有再继续。

但从那天以后，那首歌在父亲脑子里又“死灰复燃”了，有时他还能哼出两句。一次——大约是池泽一家回国后，他显出后悔地说，为什么我们总想着给别人留面子呢？当时还不如问了的好。

十年过去了。

今年3月，池泽先生一家又来中国，访问我的家庭是他们此行一项重要内容。同时，他还要与我商量由他翻译的我的第二本日文版小说集出版的一些细节。十年光阴，变化最大的是他们的儿子竹叶，眼前的竹叶个子快要超过他父亲，是个反应机敏、有礼貌的大小伙子了。面对一个孩子的成长，你不能不相信时光的流逝。遗憾的是关于中国竹叶什么记忆也没有，当年校园里那厨师的儿子他也想不起来。靠了父母的介绍，他才知道儿时他在中国生活过。

久别重逢，我们都记起了从前的美好时光。我知道池泽一家喜欢中国菜，但想起我们的城市已有多家“日本料理”，便订好位子，请客人去吃中国的“日本料理”。如今在中国的日式餐馆里，不仅有多种品牌的日本清酒，还有日本女士喜欢的梅子酒。当我们举杯互相祝福时，不约而同都想起了十年前在我家“畅饮”的那半瓶“菊正宗”。席间，池泽夫妇不断地对中国的变化表示惊讶，这时——就在这时，我发现父亲的表现有点反常，他突然变得话少起来，对池泽夫妇的感叹只是心不在焉地随声附和。这不像是他待客的风度。我立刻想起了那首歌。果然，父亲悄声对我说：“现在我准备问问那首歌的事。”既然父亲执意要问，我倒也觉得这或许是个好时机。餐馆毕竟是个中性场所，好似两国交战中的中立国。少一些家庭气氛，使人会少几分尴尬。

父亲先是没头没脑地说起竹叶的年龄。他说，抗战时他比竹叶还小，可战争也联系过他的命运。一次日本兵进村扫荡，他曾作为人质被捉，差点被抛入已在燃烧着的地道里。

我看见池泽夫妇放下筷子已是正襟危坐，低垂着眼睑，显出一点儿愧疚和一点儿紧张。父亲对眼前的气氛自然也有觉察，便说："现在我要向池泽先生请教的不是那场战争，而是一首歌，许多年来我始终不解其意。"接着父亲就唱出了那歌的旋律，并描述了当年日本兵唱歌时的情景：那高抬的手臂，脚下被皮靴碾碎的黄土……吼着，前进着。

这时，池泽夫妇的表情却逐渐发生了变化，那几乎是一种不约而同的放松。真澄女士反应最机敏，她迫不及待地对父亲说，那是一首在日本家喻户晓的儿童歌曲，旋律很优美的，是池泽夫妇这代人儿时在放学的路上经常唱起的歌儿。"但是他们把节奏唱错了。""他们"，指的是当年那些荷枪齐步走的日本兵。"应该这样唱。"真澄女士说着，摆着舒缓的手势把那首歌复唱一遍。唱完，池泽先生又为父亲把那歌词作了翻译。原来那首歌名叫《小小的晚霞》，歌词大意是，晚霞出来了，天快黑了，山上寺庙的钟声响了，手拉着手大家都回家吧，就像乌鸦归巢一样……

原来是这样，原来当年的日本兵唱的是一首日本童谣，这是父亲料想不到的。他更没想到，日本兵把这童谣抒情的四分之四节奏改成了进行曲速度，竟让他听上去充满粗鲁的杀机。父亲的叙述和他心灵的创伤使池泽夫妇的心情不能平静，为了扭转父亲对这童谣的印象，他们夫妇又合唱了一遍正确的《小小的晚霞》，那实在是一首优美动听的儿歌。

饭后池泽一家再来我家喝茶。我们都想缓和一下刚才饭桌上稍显紧张和不安的气氛，我们也不再提及《小小的晚霞》。我们谈文学，谈中国的变革，直到天色已晚，竹叶也昏昏欲睡。客人准备告辞了。当他们在门廊穿戴好鞋帽时，池泽夫人突然撇下丈夫、儿子，奔向客厅的钢琴，有点激动地邀请父亲说："要告辞了，铁扬先生，让我们再唱一遍歌吧！”然后她坐下，为我父亲伴奏。他们用《小小的晚霞》本来的节奏，唱出了它本来的诗意，唱出了它本来的单纯和恬静。我望着琴凳上池泽夫人纤弱的背影，领会着她的一片心意。她是决心要再次为这歌正名的，以此驱走当年它留在父亲心中的阴影。

那是一个让人感动的时刻，而人类的和平景象如果要用具体形象来比喻，便是两个不同国籍的人共同吟唱着一首能使人类心灵相通的儿歌。

不久，我应日本日中文化交流协会之邀访问日本时，池泽先生专程由福岛赶去东京看我。他托我转给父亲一件礼物：一张《小小的晚霞》的 CD 盘。细心的池泽先生附上了中文歌词，并摘录一些有关这首歌的资料给父亲。

《小小的晚霞》大概创作于 1923 年，最初发表在日本《文化乐谱——新的童谣》上，很快便被广泛传播。从 1950 年到现在，一直被收入小学一二年级的课本。歌词有两段：

晚霞啊晚霞，天黑了，
山上寺庙的钟声响了，
手拉着手都回家吧，
就像乌鸦归巢一样。

孩子们回家了，
月亮出来了，
小鸟做梦的时候，
亮晶晶的星星闪耀了。

《小小的晚霞》也曾被改写过，改写过的歌词收在笠木透先生编辑的激光丛书《昨天生了猪仔》里。歌词是这样的：

晚霞啊晚霞，天也不黑，
山上寺庙的钟声也不响，
战争怎么也没有完？
乌鸦也没有家可归。

编者推测歌词是1942—1943年左右被改写的。“那时在日本国内，虽然东条每次广播都说‘皇军在各地转战，连战连胜，真是甚感同庆之至’，然而东京却遭到美国人的轰炸。川崎、名古屋、横须贺、神户等也被轰炸。日本国内很快进入战时状态。因物资极度匮乏，政府制定了《限制奢侈品等制造贩卖的规则》，并打出‘奢侈是敌’的招牌。贵重金属、戒指、西服、项链、领带别针、银制品、象牙制品、高级纺织品、钟表和照相机都被看做奢侈品。长长的袖子也被认为是浪费布料，故开始了‘截袖子’运动。同时霓虹灯和妇女烫发均被禁止，舞厅和少女歌舞剧里的男装丽人也消失了。”编者还记得那时小学校的校园里搜集了很多铁壶、佩刀以及各种铜制品，寺庙里的钟也是提供的对象。肉类、蔬菜、大米奇缺，社会变成什么也没有的世界：没有山上寺庙的钟声，没有小小的晚霞，乌鸦没有家可归，战争也没有结束。

那么，这改写过的歌词便不再是一般的童谣，那是反战、厌战的呼声。

回国以后，父亲和我多次听过《小小的晚霞》的CD，那是由日本著名歌手安田祥子和由纪两人以重唱的形式唱出的，她们用朴素无华的音调唱出了至纯至美的境界。原来一个单纯的回家的愿望也足可以使人心碎的。可是，在 60 年前由日本发动的那场侵略战争中，唱歌的那群日本兵，他们怎么了？傍晚他们反复咏唱这《小小的晚霞》，激烈地表达着“回家”的情绪，白天他们却仍然会拧着一个中国少年的胳膊将他往烈焰滚滚的地道里扔。也许这一切都算不得奇怪吧，在当年入侵中国的日本军队里，就有些文科大学生，衣兜里揣着鲁迅的小说的。

我注意到，在大人们唱起《小小的晚霞》的那天，14 岁的竹叶没有跟着唱。我不知道新世纪的日本小学的音乐课本里是否还收入这支流传久远的歌儿，也许竹叶所以不唱，只是由于他作为一个即将进入青春期的少年的害羞。也许他这一代人对这老掉牙的儿歌不感兴趣，对发生在上个世纪的那场侵略战争也一无所知。在日本，我发现很多年轻人不喜欢寿司、酱汤，他们更热衷于麦当劳和法国菜。但我相信《小小的晚霞》会有它存在的永恒价值，因为它抒发了人类最基本的也是最终的朴素愿望：回到自己的家园。

伊蕾和特卡乔夫兄弟

选择特卡乔夫兄弟的这张草图，并不是因为这兄弟二人曾获得过苏联“人民艺术家”称号，是当今俄罗斯在世的顶级艺术家之一。更直接的原因是这件作品现在的主人是中国一个名叫伊蕾的女诗人。

我和伊蕾认识很久了，大约在 1977 年，我们同赴河北省的一个业余文学创作座谈会，我们被分配在一个房间。那时我还在河北农村插队，刚写过两三篇小说；伊蕾在河北一家具有保密性质的兵工厂当工人，已经是河北诗坛引人注目的新星了。回忆当初，第一次见面的伊蕾给我留下了极其鲜明的印象：苗条的身材，烫过辫梢儿的两条过肩辫子，兔毛高领毛衣……这个组合系列在那个尚未开放的时代算得上是“先锋”了。开会之余，我们就在房间聊天。伊蕾长我几岁，她显得格外见多识广。她为我背诵海涅和普希金的诗，哼唱舒伯特的小夜曲，并告诉我她的爱的秘密。她是那么热情奔放、坦诚透亮，那么相信我这个与她初次谋面的人。她当然是满怀诗人的浪漫，却又不是那种不着边际的缥缈。她的浪漫是以可靠的朴素做底的；她的奔放也不是虚张出来的，你领受到更多的是诚恳。后来，在 1980 年代，她写出了著名的长诗《独身女人的卧室》。这首影响了当时一批女作家精神领地的长诗，我认为它至今仍旧是伊蕾无可争辩的最好的诗，也是她给 1980 年代的中国文坛无可替代的最明澄的贡献。有时候我会读一读这诗的某个段落，我被她内心的勇气所打动，被她那焦灼而又彻底的哲思，她那干净而又诙谐的嘲讽，她那豪迈而又柔软、成熟而又稚嫩的青春激情所打动。这就是伊蕾了，这是一个太纯粹的因此会永远不安的女人。

多年之后伊蕾回到她出生的城市天津，当她作为《天津文学》的编辑认真向我约稿时，她的约稿信是短而富有诗意的，其中有这样的句子："……我像爱我自己一样地爱你……"她鼓动我把小说给她，我还是让她失望了。后来她去了俄罗斯，在莫斯科生活了几年又回到中国。这中间我们的联系一直不太多，我只是猜想，伊蕾出国最初的动机可能想赚些钱回来。以前听她说起过她幻想着拥有自己的一所大房子，她在房前种许多玫瑰，然后不受生活所累尽情写诗。几年之中她和朋友通过做工艺品生意赚了一些钱，她对我说那实在是太辛苦的赚钱——而且正遇卢布贬值，她又无法将手中的卢布及时兑成美元。我见过一些她在莫斯科的照片，很多是她在房东家拍的。有一张是莫斯科的严冬她站在房东门口，她身穿羽绒服、肩挎"双肩背"，头戴花色艳丽的大围巾正准备出门去"办货"。她的脸色红扑扑的，真是飒爽英姿，和她另外一些略显凄然和惆怅的表情判若两人。我就在这张照片里看见了伊蕾骨子里的倔强和执拗，还有她的许多不为人知的艰辛。

那么，伊蕾就要过上住在大房子里，种着玫瑰花尽情写诗的理想日子了。可是她忽然把赚来的钱都买了俄罗斯油画。对油画并不内行的这位诗人在莫斯科一些朋友的陪同下，几年之内乘火车、汽车——也许还有船，前往列宾住过、列维坦画过的红松林里的优美的"画家村"一趟趟地拜访画家、"联络感情"。为了买画，和那些大牌画家做着讨价还价。一定是她的诚恳打动了他们，她的纯正的诗人气质是容易和人沟通的。2000 年夏天我在莫斯科时，见到好几位伊蕾的朋友，比方俄罗斯爱乐乐团团长左贞观先生，俄罗斯美术家协会第一书记、画家萨罗明先生……他们告诉我，他们很喜欢伊蕾，喜欢她待人的友善和天真。所以她的运气真不错，几年当中她买到了像特卡乔夫兄弟这样的俄罗斯顶级画家的画作，并和这两个老头结下很深的友谊。当钱不够时她就向国内的家人去借，弟弟妹妹的她都借过。不能简单地把伊蕾这举动解释成自幼对俄罗斯艺术的热爱，比方说我也是热爱俄罗斯艺术的，可我从来没有想过要把所有积蓄都拿出来买他们的画。我不能不想，这个伊蕾，到底她还是个诗人，她的理智绝对服从着她的灵魂，甚至灵魂里凸现的一朵火花，然后就是不顾一切了。于是也才有了以后的一个属于她自己的美术馆——位于中国天津的喀秋莎美术馆。

今年 5 月伊蕾打来电话，告诉我，由她亲自设计并监工的她的喀秋莎美术馆已经开馆了，很希望我能去天津看看。我为此专门去了天津，在南开区一条新建的文化街上，伊蕾站在她那小小的美术馆门前迎着我。这是朋友慷慨借她的一套临街住房，她布置了两层展厅，约有近 200 平方米的面积。做旧的木地板，故意粗笨的仿橡木楼梯，厚重的窗幔，枝形吊灯，茶炊和织锦缎卧榻……一切都透着女馆长伊蕾所造就的俄罗斯氛围。最重要的当然还是属于她的宝贵财富——一些当代俄罗斯画家的油画原作：特卡乔夫兄弟、梅尔尼科夫、法明、科尔日夫等。

这张《打草时节》的草图赫然悬挂在喀秋莎美术馆二楼展厅一个惹眼的位置，和后来画成的"成品"相比，它更多一些自然的激情和生命的真实状态，劳动着的人和大自然亲密接触时那种无所顾忌的奔放，被兄弟两人表现得自由而又充满诗情。成品之后的《打草时节》构图也许更严谨，人物的细部刻画也许更到位，在整体上却失掉了草图里洋溢着的画家有感而发的才情——它变得像一篇

"命题作文"了。画中人物被"摆"的痕迹也十分突出,几个劳动妇女好像知道自己的被画,都有些"作态"。这就是有时候成品代替不了草图的一个最好说明。为什么观众和收藏者不愿漏过名家的草图呢?在草图上,我们往往能够更准确地捕捉到画家最率真的感情和最无功利之心的自由笔触。

特卡乔夫兄弟是严格继承了俄罗斯现实主义油画传统的一代画家,由于获得过国家奖金,他们去过意大利和法国写生。他们在颜色上谨慎地受到过法国印象派的影响,但他们的可贵在于他们那纯朴而真挚的俄罗斯情感,对土地、母亲、劳动和家乡饱满的爱。苏维埃时期他们的某些作品受到过指责,他们塑造的一些母亲形象被认为过于沉重,缺乏昂扬的笑脸。我想兄弟二人还是有着自己的主意,他们尊重内心的感受,他们基本上做到了艺术上的诚实。很多人好奇他们如何共同作画?因为一个人不可能完全变成另外一个人。原因也就在此吧,他们沟通和相融的能力,加上他们的不同,一定使他们能够互相激发或互相"打倒",再从中获得双倍于常人的力量,尽管最终他们没有找到独属于自己的形式。

以当今世界艺坛对艺术家的定位,俄罗斯绘画并没有很高的地位,我在有些文字里也试着表述了造成这些的并不都是偏见的原因,俄罗斯绘画绝不像俄罗斯文学对世界文坛那般重要。中国画家包括中国作家喜欢他们或许有着十分复杂的历史缘由。我没有和伊蕾探讨过她对俄罗斯以外的画家的看法。也许这对今天的喀秋莎美术馆不是最重要的,伊蕾靠了自己的浪漫激情和孤注一掷的艰苦努力,实现了她童年的一个梦想,实现了她亲近俄罗斯艺术的愿望,这就是一个最确凿的事实。这世上的人能够在有生之年实现童年梦想的毕竟还是少数吧,伊蕾你说呢?

伊蕾说:"我要把俄罗斯油画的展览和收藏进行到底,让我的亲人、好友，让每一个陌生的爱好者分享。我想常年举办俄罗斯画家展览，让更多的俄罗斯画家来到天津，让天津成为他们知道和想来的地方。"

当夜晚来临喀秋莎美术馆闭馆之后，伊蕾和我在馆内的小客厅喝着红茶聊天。她很疲惫，却两眼放光，使我又一次想起她在莫斯科房东家门口那张出发前的照片。这时就听见她说，她已经开始学习画油画了，看画看得她不过瘾了，她要亲自画，她并且还动员家里的亲人学油画。因为是朋友，所以我几乎要用最民间的一个形容来说伊蕾了，她简直是"想起一出是一出啊"。油画是那么好学的吗，那得有科班出身的基本功啊。我说了我的怀疑，伊蕾说："所以我才要学啊。"我不得不再次感叹：这就是伊蕾了，这个看上去有些疲惫的瘦弱的诗人、艺术品收藏家，你坐在她的奋斗许久好不容易刚开张的画廊里，你实在不知道她又会有些什么新想法。唯一使你不怀疑的是，这个人她会不听劝告地去实践她的新梦想。住在自己的大房子里种着玫瑰花写诗，在今天的伊蕾看来，可能已经是一个太小的、太微不足道的愿望了。

我们从喀秋莎美术馆里出来已经很晚，我独自站在门外，看伊蕾在门里逐一关灯并认真操作墙上的报警器，格外想起她在今后诸多的不容易。我祝福伊蕾，并愿意相信，幸福和活力就在这诸多的不容易里吧。

猜想井上靖的笔记本*

2005年初秋的一天，我收到日本中国文化交流协会寄自东京的新一期《日中文化交流》会刊。时值抗日战争暨世界人民反法西斯战争胜利60周年之际，随刊寄来的还有一本关于日本著名作家井上靖文学生平的纪念册。

册内有一张井上靖旧时的照片十分引人注意。照片上的井上靖30岁左右，站在一面表砖与卧砖混合垒起的高墙前，头戴顶部略窄的日军战斗帽，身穿配有帽兜的日军黄呢大衣。人虽然蓄着上髭，但面貌并不精神，眼部有些浮肿，那缩进宽而长的大衣袖子的双手似乎还加剧了他的寒冷感。照片下方注有拍摄时间：1937年11月25日，地点是石家庄野战预备医院。那么，以热爱中国历史文化而闻名并大量取材中国历史进行创作的著名作家井上靖，原来曾是当年侵华日军的一员。这是我以前没有听说过的一个事实，也是很多喜欢井上靖的中国读者并不了解的一段历史。

井上靖(1907～1991)的名字在日本影响深远，在中国也拥有很多读者。特别当他写于1959年的历史小说《敦煌》在20世纪70年代被介绍到中国，他本人也自此连续访问中国27次之多以后。1980年，73岁高龄的井上靖，又应邀担任大型系列电视片《丝绸之路》的艺术顾问，与日本广播协会、中国中央电视台的摄制人员一

* 本文原刊于2007年6月12日《人民日报》(副刊)。

起探访丝路古道，追寻历史足迹，实现了自己向世界观众介绍丝绸之路历史变迁的愿望。《敦煌》被德间康快拍成电影，在世界20多个国家放映，掀起了一阵"敦煌热"。无数观众从《敦煌》的故事中惊奇地注目中国西部，更有大批游人拿着井上靖的西域小说，走上去往敦煌的漫长征程。而他的一批以中国历史为线索创作的小说《天平之甍》《楼兰》《苍狼之争》《孔子》等，均获各种日本文学大奖。有评论家称，在日本近现代文学史上，像井上靖这样大量取材中国历史进行创作的作家，在世界文坛都是少见的。在这类艺术实践中，作家寄予了对人生对历史的独特思考，对中国史传文学的叙事模式亦有所秉承和借鉴。在涉及这种题材时严谨的治学态度亦深得史学家的称道。井上靖不仅是日本当代影响极大的著名作家、评论家和诗人，还是日中文化交流史和中国古代史研究家，日中友好社会活动家，曾任日本艺术院委员，日本文艺家协会理事长，日本近代文学馆名誉馆长，以及日本笔会会长等，1980年起担任日本中国文化交流协会会长达十年，并被北京大学授予名誉博士称号……但是，在这里我要打住详述文学的井上靖，我想说的是，越是了解井上靖的文学地位和文学成就，便越是不由自主想到他那张摄于1937年的照片。

我无意用那张1937年的照片来抵消一位日本著名作家不可替代的文学史地位，也并不仅仅因为那照片拍摄于我生活多年的城市石家庄，更使我有一种异样的情绪。我想探究的是，井上靖先生在1977年初次见到敦煌时曾经感叹说"我与中国太相通了"！他浓厚的中国情结使他把中国历史变成毕生的重要写作资源。那么他对1937年自己的那段中国经历有过讲述和记录吗？如果有，是以何种方式，又在哪里呢？我尽自己所能开始查阅资料，发现就我的目力所及，井上靖鲜有——或者从未有文字公开表述过1937

年自己的那段经历。在他逝世后有关他的简历写至 1930 年代中期时也很简单：1936 年 3 月毕业于京都大学哲学科。8 月，就职大阪每日新闻社编辑局学艺部《星期天每日》课。1937 年 8 月，作为“中日战争”后备兵入伍。9 月，编入名古屋第三师团野炮兵第三连队辎重兵中队，开往中国北部。11 月，因脚气（软脚病）入石家庄野战医院治疗。1938 年 1 月，返回日本内地后退役。从简历推算，井上靖作为“日中战争后备兵”在中国的时间是四个月，且是因病退役。四个月时间，他在石家庄都做了些什么呢？一个如此热爱中国书写中国的作家该不会真的对那段历史采取虚无主义态度吧？我希望进一步了解，却暂时一无所获。

去年 10 月，我应邀在东京参加日中文化交流协会成立 50 周年庆祝活动，时间虽短，但内容丰富：演讲，论坛，和我所钦佩的日本电影导演讨论小说和电影，和普通市民听众对话，喜庆的酒会，欢宴。这是我第三次访问日本，与新朋老友的见面令人愉悦。日中文化交流协会现任会长辻井乔先生，理事长黑井千次先生，专务理事佐藤纯子女士，常任理事横川健先生和木村女士……他们是半个世纪风雨中既艰难又美好的日中友谊的推动者和见证人，是真正值得尊敬的两国间的民间文化大使，我定期收阅的《日中文化交流》便是他们的会刊。和他们的见面，使我又想到纪念册上井上靖那张旧时的照片，而井上靖是日中文交会曾经的会长。于是，在一个晚上和文交会几位老朋友聚会时，借着温热的清酒，我向坐在餐桌对面的佐藤纯子女士提起了那张照片。我的这个提及让一直开朗地笑着的佐藤女士立刻严肃起来，素有“豪饮”之称的她还放下了手中的酒杯。她直视着我的眼睛，目光里没有躲闪，使我预感到，她是那照片背后的故事的“知情人”。果然她对我说：“谢谢你提起这个话题。即使你不问，我也想寻找一个合适的时间告诉你的。特别还因为石家庄是你生活的城市。”

我由此知道了1937年井上靖的确在石家庄住过四个月。

据佐藤女士讲，1936年井上靖在日本被征兵入伍后，于1937年秋作为二等兵到达石家庄，在石家庄度过了不愉快的冬天。因为日本军队里的二等兵大多文化不高，所以被视为低等，标志之一就是可以遭受长官随意训斥并挨打。二等兵井上靖就经常遭长官训斥。这并非因为他文化不高——他在入伍前已经发表了戏剧剧本。他不受赏识是因为他动作的迟缓和精神的散漫。比如行军时常常掉队，又比如有一次他弄丢了枪上的刺刀。日本士兵被告之刺刀是天皇所赠，是不可以丢的，井上靖为此可能挨过打。很快他便患病——脚气病吧(但佐藤女士说是受伤)，接着被送入日军在石家庄的野战预备医院治疗。那张照片应该就是在住院期间所拍。从作为背景的井上靖身后那面临时拼凑的高墙上看，这医院本身也是临时拼凑的。石家庄的医院没有治好井上靖的脚气，他又被转往天津的日本陆军医院。在天津的医院里，井上靖逐渐受人欢迎。因为他经常替周围的伤员写家信，并且在一次收听日本电台的广播中，意外地听到由他的作品改编的电影《明治之月》主题歌。这使他激动不已，可以猜测文学又一次固执地召唤了他，而他真的在不久之后就回到日本退役，此后终其一生从事写作。

我想，从某种意义上讲，井上靖可能是幸运的。假如我们设想1937年的井上靖是被迫入伍，他本人对那场侵略战争是消极的躲避态度，那么并不是每一个持这种态度的日本军人都能够从战场顺利逃脱。我曾经在上海档案馆读到过当年《申报》上的一则新闻：某日军士兵因厌恶在华作战，在中国北方某镇上的一口井边，当众脱光身上的军装，连同枪和子弹全部扔进井中，然后裸体着扬长而去，立刻被他的长官当场击毙在街上。我于是又和佐藤女士展开探讨。我说,从井上靖先生的履历看,他父亲是一名少将头衔的军医,井上靖的因病退役是否有父子间的默契并且靠了父亲的暗中活动呢?

佐藤女士婉转地否认了我的揣测,她说井上靖的父亲 1931 年已经退役。

当我问及佐藤女士她掌握的这些史实的来源时,佐藤女士说,是井上靖在世时讲给她和几个友人的。

那么他通常在什么情形下会讲起这些呢?

喝酒喝多的时候。佐藤女士告诉我。井上靖也是善饮之士吧,晚年的时候他经常会喝多酒,每逢喝多,他就会讲起 1937 年石家庄的那四个月。佐藤女士回忆说,有一次他讲到离开石家庄转往天津陆军医院时,他独自对着石家庄方向敬了一个礼说:“石家庄人民,我对不起你们!”讲到这里佐藤女士突然哭了,她模仿井上靖敬礼的姿势,抬起右手放在额边也对着我敬个礼说:“当时他就是这样对中国的石家庄说对不起的。”

我无言以对,只是感受着佐藤女士那一瞬间代表着井上靖传递出的深远的愧疚,感受着佐藤女士的这个敬礼其实已远不是模仿,这里也有她本人心中的诚意。这时我想起井上靖 20 世纪 80 年代以来对中国频繁的访问,他又去过石家庄吗?我询问日本友人,得到的回答是否定的。佐藤女士告诉我,井上靖 1937 年之后从来没有再去过石家庄。记得 1980 年代有一次她陪同井上靖在中国旅行,飞机临时降落在石家庄机场,她问他说您不想出去看看这个城市吗?井上靖摇头说“不”,他坚持不出机场。这件事留给佐藤深刻印象。

1937 年石家庄的四个月,井上靖究竟还做了什么呢?他必须看见他从不愿看见的吧,他必须相信他从不敢相信的吧,或者,他也做过他最不愿意做的……关于这些，他没有向包括佐藤女士在内的友人讲述，佐藤女士也向我证实了，井上靖的确没有关于这段经历的公开的文字。在井上靖的晚年，几位朋友只是不断听井上靖说，他有一个笔记本，记录了当时的一切。

作为一个写作的人，我深知笔记本对于有些作家的重要。即使在网络时代的今天，作家的纸质笔记本仍然有着某种古老而确凿的物质价值，更有着蕴涵作家体温的可以触摸的精神线索。而井上靖那特殊的四个月经历使他的笔记本在我看来显得尤为重要。那么，它在哪儿呢？

佐藤女士告诉我，井上靖反复讲过的那个笔记本据说在他家人手中。但当他逝世后，文交会的友人询问那个笔记本的去向时，家人说已经找不到了。

在去年秋天和日本友人那晚的聚会上，我曾经提议文交会的朋友们设法再与井上靖先生的亲属联系，寻找他的那个笔记本，这原本也是佐藤女士他们的愿望。

今年适逢日中文化交流年，3 月，佐藤女士一行访问北京时我们再次相遇。她主动向我提起井上靖的笔记本，遗憾的是，它确实不见了。

这个结果的确叫人遗憾，可这个结果，又仿佛是我早已料到的。我只是感叹，一位能够走火入魔地研究中国历史，并有能力以此为出发点挥洒才情，展开宏大叙事的文学大家，却最终无法面对自己那几个月的中国经历。而当我们不断猜想着井上靖那失踪的笔记本时，井上靖不也一直在猜想着世人吗，猜想当笔记本公开后世人将对他如何评价。相比之下，也许井上靖心灵的镣铐更加沉重。这是一个作家良知的尴尬，也是一个人永世的道德挣扎。由此我甚至可以开始新的揣测：那个笔记本，它当真存在过吗？也许作为一个作家的井上靖，只是假想着它应该存在吧；而作为当年日军一名辎重兵团的二等兵，它实在又“不便”存在。井上靖在晚年不断向友人的讲述，似乎也印证了这两者间激烈的冲突。我尝试着把他的讲述理解成避免灵魂爆炸的一种小心而又痛苦的释放。

在春意盎然的北京，我望着又一次相逢的佐藤女士和木村女士，望着总是温和微笑的横川健先生，他们是日本中国文化交流协会“元老级”人物，当他们还是青年和少女的时候就决定把一生奉献给推动日中友好的事业。如今他们已经进入“日历年龄”中的老年，但他们典雅、庄重的衣饰，乐观爽朗的谈吐，一丝不苟的敬业态度，和对中国始终不渝的爱，总是令我肃然起敬。也因为日本中国文化交流协会在面对历史时勇敢和正义的作为，才使他们能够在井上靖的文学纪念册上刊印出他那张旧时的照片。我想，长眠地下的井上靖有知，也许会稍感灵魂的解脱。毕竟，他的友人们在他多年的口述中窥见了他的情感深处，最终代他公开了他始终犹豫着怯懦着无力公开的一段历史形象。

我不打算再去追问井上靖的笔记本，眼前只闪现着年轻的、眼睛浮肿的井上靖 70 年前面对石家庄这座城市的那个歉疚的敬礼。我更愿意相信，井上靖本人也已经用一生的时光，反省那几乎是永远无法告之于人的四个月，并且用他的文学他的影响力呼吁和实践着日本中国世代友好，直至生命的最后一息。

黄金与钻石

林肯·道格拉斯小学是美国伊利诺伊州福雷堡的市立小学。远在135年前，该州的共和党人林肯和他的竞选对手——民主党领袖道格拉斯曾在福雷堡作过多场精彩的竞选辩论。林肯精明强干、头脑敏捷且为人公正，是伊利诺伊州最卓越的律师之一；道格拉斯身材矮胖，被称为“矮小的巨人”，他是一位著名演说家，能言善辩，毕生鼓吹美国扩张政策。竞选结果是林肯战胜所有对手成为美国第16任总统，他那著名的解放黑奴的《宣言》亦使他成为美国最伟大的总统之一。可以想象，当年这两位各具特色的人物的辩论会吸引多少伊利诺伊州的选民，直到今天福雷堡一家美式快餐店门前还有表现他们两人激烈辩论的两尊铜像，因为快餐店门前的小广场即是当年他们辩论的地点。市立小学起名为林肯·道格拉斯，也是为了纪念这两位著名的伊利诺伊州人。

这天下午，我应邀来到这所小学。迎接我的校长是一位和蔼的金发中年女性，她告诉我，小学校的同学们从来没有见过中国人，她说您的到来使同学们兴奋不已，一会儿他们会有很多事情向您提问。我对校长说，遗憾的是我在这里只有60分钟时间，离开学校我还要赴另一个约会。校长说：“我已经为您做了安排。为了在有限时间内满足不同年级的孩子和您谈话的要求，我们从四年级到一年级分别为您选出一个班，您和每班交谈15分钟，您觉得怎么样？”我觉得校长的安排很科学，便愉快地应允，并在校长陪同下开始了我在不同班级间的“巡回”访问。

我首先走进四年级的教室，最惹眼的是悬挂在教室墙上的五彩缤纷的飘带，飘带上写满了笔画生疏的中文大字：“中国”和“女”。对于这个对中国所知甚少的小城学校，这是向我致以的最为简洁、热烈的欢迎词了。我来到黑板跟前，黑板上挂有一张巨大的世界地图。于是我就这张地图开始了我的开场白，我说了我的姓名，告诉同学们中国在亚洲，有13亿人口。我指着地图上河北省的位置说我的家在河北，我就是从河北来。我说：“听说你们有许多事情要问我，现在我非常乐意回答大家的提问。”班主任这时鼓励大家说：“铁凝小姐在我们班只有15分钟啊，请同学们勇敢些。”班主任话音刚落，热烈的提问便开始了。全班20多个同学，几乎没有不讲话的。他们的提问大都由“中国”二字开始：“中国有多少个节日？”“中国过圣诞节吗？”“中国有多少种车？”“中国的车有自动换挡的吗？”“中国一个家里有几个小孩？”“中国的大人让小孩喂养小动物吗？”“中国人为什么晚上还吃米饭？”“中国字好学吗？”“您用什么字写小说？”“请给我们讲一个你写的故事好吗？”有个男生还大声地问道：“请问中国有中国饭店吗？在我们这儿可是有一家中国饭店，菜很好吃！”从这些接连不断的提问中我感受到孩子们对于了解中国的渴望，也发现他们对中国的确知道的不多。我尽可能简明、利落地回答他们的提问，并向他们介绍当今中国大人和孩子的生活。他们听得入迷，不时发出惊叹。当他们再次要求我讲一个自己写的故事时，我用五分钟讲了《哦，香雪》。中国少女香雪美好、淳朴的心灵使在场的孩子们都静默了，几个女生眼里含着泪花。

15分钟很快就过去了，当我离开这间教室时，全班同学围上来拥抱并且吻我，许多孩子把一些小纸条放在我手里，每一张纸条上都写着“I Love You!”班主任对我说,这实在是一次令人难忘的聚会,她说她想告诉我,教室的飘带上那几个中国字是她和同学们一道花了三天时间才写成的,中文即使对于她这样的成人也是很难的。但是这个班的同学将开始学习中文,因为我的到来,我和大家的交谈,使同学们对中国充满了向往。

接着我来到三年级和二年级,其中二年级那个班正在学习日本礼仪。当我走进教室时,他们全体起立,双手合掌用日文向我问好。这两个班的同学提问更加踊跃,他们互不相让,甚至不等我回答,他们之间就先争论起来。比如一个男生问:“中国有海洋吗?”另一个男生马上打断他说当然有,因为他在电视里见过一家中国人在吃鱼,没有海洋怎么会有鱼呢?

最后我来到一年级的教室。我要说一年级的教室实在舒适,它更像一间小游艺厅。这里没有规规矩矩排列的书桌和椅子,桌椅都分散在屋角。地上是松软的地毯,同学们随意坐在地毯上,一些随手够得到的玩具就散落在他们身边。我向席地而坐的同学们问了好,其中一个穿黑色灯笼裤的七岁小男生站起来对我说,他穿的是条中国裤子,他正在向一个日本老师学习中国功夫,因此他要用中国方式向我表示欢迎,他说完向我深深鞠了一个躬。同学们为他鼓起掌来。另一个男生马上告诉我,说他们家也和中国有着某种关系,说:“我家珍藏着一双中国筷子,可惜的是到现在我也不会用。”一个戴眼镜的男生煞有介事地说:“中国的事情我知道一些,中国人应该少生些小孩,因为生的小孩多,造的房子就要多,造那么多房子要砍多少树啊,生态平衡被破坏了,可怎么得了?”一个七岁的美国男生大谈中国的人口和生态平衡,的确让人意外。我对这男生说:“你的分析很有道理,你担心的事情也正是我们的政府在努力解决的问题。”又一个瘦弱的男生不甘寂寞地发表议论说:“我认为,无论如何中国和印度都是了不起的国家,因为他们有悠久的历史啊。”我对这男生说:“这位先生看上去真像个历史学家呢!”同学们大笑起来。

我一边回答学生提问,一边倾听他们的见解,一边想到今天一个有趣的现象,那便是随着我访问的年级的不断降低,孩子们对中国的了解却不断增多,我想进一步和他们做些探讨可能是件有意思的事。可惜我的访问时间已经超过了预定的60分钟,为了不影响下一个约会,我向同学们告辞。当我走出学校时,四个年级的同学都出来送我。一个金发蓝眼的男孩守候在校门口,在他同学的陪伴下走到我跟前,把他的一件小礼物送给我。这是一匹五厘米长的铜铸镀金小战马,马头上生着雄赳赳的朝天独角,马的肚子由一段剔透的“钻石”镶嵌,它就像神话传说中古战场上的一个人物。那男孩这时已跑向远处诚恳而又害羞地看着我,似是怕我不收这礼物。我收下了这小马,走到孩子跟前吻了他。

在归途的车上,我摊开手掌再次凝望这小小的战马,战马在辉煌的夕阳照耀下释放着温暖的光芒。我发现我忘记了问那男孩的姓名,但又想,我记住的也许是人间所有孩子的纯净的目光。沐浴孩子们纯净的目光是一件幸事,它应该能够清洗我们成人身上那征战生活的灰尘。

回国之后,我的一个美国朋友偶然见到过这匹镶嵌着“钻石”的镀金小马,我给他讲了这小马的故事。他对我说,他可以肯定那男孩是把他最宝贵的财富给了我。他说他也有过男孩的年龄,那时他曾在院子里挖出过一块半透明的石头,他坚信他发了财,并且坚信那块石头值600万美元。他把那石头秘密地收藏过很多年。

应该说,福雷堡的男孩送给我的实在是属于他的黄金和钻石。也许这是迄今为止我收到的最为贵重的礼物。

我在奥斯陆包饺子

有一年的6月，我在挪威参加第二届国际女作家书展。我的朋友、挪威汉学家易德波这期间一直做我的翻译并照顾我。易德波是一位诚实的中年女性，20世纪60年代末开始学习汉语。她和她的丈夫——一位妇科医生以及三个儿子，住在奥斯陆近郊他们自己的房子里。

我曾经几次在易德波家吃饭，临近回国，我想我应该对这好客的一家表示感谢。倘若请他们全家去餐馆、酒店吃饭，未免过于客气，而且也太贵。

我想，最重要的是那些地方仍旧是他们习惯了的口味，并不新奇。要是在她家做一次中餐呢，当然会大受欢迎。可是我观察过易德波厨房的器皿和灶具，她的平底锅和电炉盘都不适合中国菜的烹饪。再说，奥斯陆也没有为我特意准备中国菜的原料和调料。这时我忽然想起我家夏天常吃的一种饺子。

每年夏季，西红柿最多的时候，我们喜欢做西红柿馅的饺子，可以说，这是我的发明，西红柿饺子的主料是西红柿、鲜猪肉、鸡蛋、葱头。这些东西也是西菜烹制中常用的，不必担心超级市场没有。假使要做北方人吃惯了的猪肉白菜馅儿，不但白菜没有，就是中国大葱我又到哪儿去找呢？于是，我决定为易德波全家做一次西红柿饺子。

饺子这种中国北方的大众食品，一直令外国人不可思议。不必说各种馅儿的调制，单是擀饺子皮的过程就令他们感到美妙。而中国人感到美妙的，则是包饺子本身所体现出的家庭亲情，一种琐碎、舒缓的温暖。我愿意把这种情绪带给易德波全家，我愿意我们共同享受东方这古老的热闹。当易德波 9 岁的小儿子听了我要包饺子的宣布之后，一天拒绝吃饭，耐心等待着晚餐的中国饺子。

我从超级市场买回原料，如我猜测的那样，主料都有，只差海米没买到。但易德波及时向我提供了鲜虾仁，这岂不更好？

我开始了我的制作：先把西红柿洗净，放在盆内用开水烫过（便于剥皮），剥掉皮，挤出汁和籽，再把西红柿剁碎。当我刚刚拿起一个西红柿，把汁和籽挤进洗碗池，手下就飞速地伸过一只小碗，是易德波站在了我的身后，好让我把西红柿汁挤进这小碗。她说这是好东西啊，扔进洗碗池太可惜了。结果我挤了多半碗西红柿汁，易德波小心翼翼将它藏进了冰箱。她没有因为当着一个外国人表现如此的“抠门儿”有什么不好意思，我不禁问自己：假使一个外国人在我家厨房烧菜，我能够无顾忌地面对她去表现我的“抠门儿”吗？

半碗西红柿汁并没有太高的经济价值，它却是北欧一个知识分子家庭节俭品德的体现。节约对他们来说一定是习以为常，因此易德波才十分坦然。有了这碗储进冰箱的西红柿汁，我的包饺子过程似乎才完整起来，才真正有了一种家庭的亲情。那时我指挥着易德波和她的丈夫，他们摊鸡蛋、剥葱头，虔诚地为我打着下手。那时厨房里似乎不存在外国人和客人，我已加入了这个家庭，与他们一道过着真实的日子。

我成功地制作了西红柿饺子，易德波全家吃得满面是汗。她的小儿子一边吃一边数数儿，最后告诉我说，他吃了 36 个。

易德波的节俭给我留下了比饺子本身更深的印象，但我仍然没有忘记请读者也来试一试西红柿饺子。饺子的形式万变不离其宗,但它的内容却可以不断丰富。丰富你的菜谱,便是丰富你生活的情致吧。此外,当你偶然地主持过一个家庭的烹饪,你还会获得一个了解这家庭的新视角。

附:西红柿饺子馅的制作

原料:西红柿 1 000 克,鲜猪肉馅 500 克,鸡蛋 2 个,葱头 1 个,海米 25 克,香油 50 克,菜油、盐、白胡椒粉、味精少许。

制作:将西红柿洗净,放入盆内用开水烫过,剥皮,挤出汁和籽,把西红柿剁成丁(不要太碎);

鸡蛋摊成饼,切丁;

葱头切成丁,入油锅煸炒,加白胡椒粉、盐;

把西红柿放进肉馅用力搅拌,使水分充分吸收,然后加酱油,再搅拌,最后放入葱头、鸡蛋、海米丁、香油、盐、味精,搅匀即可。

特点:颜色新鲜,口感清爽,营养丰富,实为夏季欲吃饺子者的理想选择。

史蒂文森郡的乡间聚会

黑尔斯夫妇家住伊利诺伊州的史蒂文森郡，他们经营一片规模不大的牧场，饲养肉牛和马，我从芝加哥来到这里，应邀在黑尔斯家小住。

黑尔斯夫妇年逾七十，身体很硬朗。白天黑尔斯先生领我去牧场看望他的牛群。牧场青草肥嫩，牛群闲散而又自在。有两头昨天才出生的小牛被它们的母亲看护得很紧，我想前去问候小牛，母牛们立即奔过来用身体挡住它们的孩子，并向我发出不悦的吼声。我笑着对黑尔斯先生说："您看，全世界的母亲都是一样。"

在牧场上，黑尔斯先生对我讲述了他的过去："二战"时他曾参加美国陆军准备出击日本，后来美国向广岛、长崎投了原子弹，黑尔斯先生就不用再去日本了。然后他念了大学，获得园艺学硕士，毕业后回到家乡一直教授园艺。他抓起一把牧场的黑土对我说："我退休后儿子要接我们去城里，可是你看这是多么好的黑土啊。虽然我只不过是一个小小的农场主，养马养牛也赚不了什么钱，可我喜欢土地。"

晚上吃饭时，黑尔斯夫妇不断同我谈起美国农业面临的问题。黑尔斯先生说，美国从事农业的人口约为全美人口的百分之三，一个美国农民可以养活 160 个美国人，并且还负担部分粮食出口，这是一个乐观的数字，何况政府给予农业的补贴也非常优惠。现在的严重问题是水土大量流失，一些大农场主只顾眼前利益，一味向土地要收获，却并不在水土保持上投资。另外，更年轻的一代人有许多也不愿意像父辈一样从事农业了。不过，也有一些在外面念了大学，又主动返回家乡为振兴农业奉献自己的大学生。黑尔斯夫妇向我介绍了此间一位在中学教农业的女教师，她把她的几位毕业后立志从事农业的学生组成小组，以各种形式定期在乡间宣传发展农业的意义。现在小组成员都是一个叫做“美国农业未来协会”伊利诺伊分会的会员，据说这个协会在美国已有80年的历史，后来中断了活动，近年在有些州又重新兴起。

有一天黑尔斯夫妇对我说，当晚在郡中学餐厅有一次全郡农家的聚会，主题是农业的前景，组织者便是史蒂文森郡农业小组的那几个中学生。黑尔斯夫妇问我愿不愿意和他们一起前往，我说我当然愿意。

这种聚会别开生面，与会者讨论美国农业，会后还有丰盛的晚餐。菜肴和点心由与会者自己提供，每个家庭都要准备一至两个菜或点心与大家共享。黑尔斯太太下午就开始烧菜了，她用电砂锅炖了一锅香喷喷的土豆胡萝卜烧牛肉，让我来鉴定味道，我尝过之后说，它应该是今晚最出色的菜。黑尔斯太太说：“也许别人家还有更好的菜，不过我养的肉牛可是本郡最精彩的。”

晚上7点钟，我和黑尔斯夫妇开车来到郡中学。当我抱着电砂锅，黑尔斯太太拎着盛有餐巾、刀叉和盘子的柳编篮子走进学校餐厅时，几个身穿蓝色制服的男女学生已经站在门口迎接我们了。黑尔斯先生向我介绍说，这就是农业小组的几位领导人：一个主席，两个副主席，还有一位秘书长。他们的制服是自己特制的，胸前和右臂都有“FFA”字样(美国农业未来协会缩写)的彩色刺绣标志。这种装束显示着他们对于自己事业的看重，也给聚会带来一种庄严的气氛。我观察主席、副主席们，看上去他们大约16岁或者 17 岁，虽然头发梳得光亮，还用了摩丝、发蜡之类，似乎以此表现成熟，但脸上仍透着稚气。秘书长是一个名叫巴尔根的满脸雀斑的女生，她热情地同我打招呼，并把三张写有编号的请柬分送给我和黑尔斯夫妇。

这时史蒂文森郡的 20 多个家庭差不多到齐了，有夫妻双双前来的，也有父母带着儿女的，还有年轻的母亲怀抱婴儿。各种各样的锅和篮子都摆上了长长的餐台，还有人带来鲜花放在主席台上。

严肃的主席用橡皮锤“咚”地敲了一下桌面，会议开始了。第一项议程是几位领导人分别向来宾报告自己一年来“促农”工作的情况，作为听众，我认为秘书长巴尔根的工作是出色的。她说立志农业从中学就应该打基础，因此她主动要求负责照料家中的八匹马，并且她经常利用课余时间陪同兽医为一些农家的牲畜治病，她甚至在这种实践中学会了为母马接生。会议的第二项议程是请一位从本郡出去的、现在州立大学教书的年轻教授讲述发展农业的重要性。这是一个能言善辩的年轻人，他用诗的语言解释土地和人的关系，他的幽默和他带来的高密度农业科技信息显然是此地人所需要的，因此他的演讲不断被掌声打断。第三项议程是表扬一年来在各方面支持农业小组的家庭和个人，主席念到谁的名字，谁就站起来向大家致意。黑尔斯夫妇也在受表扬之列。第四项议程是家长代表讲话，讲话者便是主席的母亲。她说她为她的儿子感到骄傲，她为农业小组为发展本郡农业所做的努力感到自豪。她说：“我们的孩子已在为土地奉献着自己，我们每一个家庭没有理由不接受我们的土地，没有理由不热爱我们的马、牛、猪、鸡……我们的玉米、小麦……”最后一项是带有游戏性质的抽奖，这时主席退位暂时休息，由一名副主席上台宣布中奖者的号码。他要求每位来宾看好自己手中请柬的编号，然后他开始公布中奖者。每个中奖者会得一份小礼品：一小盆鲜花、一套厨房用的刷子或者一个笔记本。面对这些微不足道的奖品，每个领奖者的表情却很庄严。最后一个中奖者恰好是巴尔根的父亲，奖品是一个巴掌大的笔记本。巴尔根将本子交到父亲手中，父女俩认真地互相感谢并且握手，台下的邻人们鼓掌大笑起来，气氛达到了空前的热烈。

这时主席宣布会议结束，晚餐开始。主妇们纷纷打开自家的器皿，几米长的餐台立即呈现出一片绚丽，让你感觉到每个家庭都在这一年一度的聚会上竭力展示着自家的烹饪才能。有趣的是今日晚餐居然没有重样的菜，仿佛是家家预先互通了信息。大家拿出自带的餐具，兴高采烈地边吃边聊，述说着各自的近况。黑尔斯太太的土豆胡萝卜烧牛肉的确惹人注目，她的电砂锅是最先被吃空的。我为我的预言自豪，若是赌今晚最受欢迎的菜，我定中奖无疑。

聚会在十点钟结束了，结束之前，主席重返台上，他提议全体与会家庭面向设置在屋角的美国国旗宣誓。所有与会者同时起立，手捂左胸，对国旗说他们永远忠于它，忠于他们的国家，永远忠诚不说谎话……

这就是几个中学生自发策划和操纵的一次成人的乡间聚会。很难说这样的聚会对于美国农业的发展究竟有多么重大的意义，但每一种事业的发展，又仿佛必得有一批这样天真的热心人。正好比在美国，你常常发现越是在那些边远的普通人聚集的地方，爱国的热情尤其强烈。他们会随时把国旗插在家门口，他们也会随时向国旗宣个誓，即使提议宣誓的也许就是几个孩子。

我与乡村

我在俄罗斯参观美术馆、博物馆，刻意寻找夏加尔，一些很有权威的美术馆往往没有夏加尔的痕迹。有的只在一个不显眼的角落，或许才会出现一点蛛丝马迹。种种迹象表明，夏加尔在俄罗斯至今没有和列宾、苏里柯夫平起平坐，虽然历史早已给夏加尔所遭受的那些不公正待遇平了反，地球人也早就给夏加尔作了定位：他无疑应属于那些百年不遇的大师级。

苏维埃时期的夏加尔，并没有想与当局闹对立，他曾经试图像巡回展览派那些画家一样，去为那个政权做些什么。他在家乡开办美术学校，在莫斯科为犹太人的剧院做舞台设计。可是他的作品不仅没有被认同，竟还让一个名叫福西契夫的美术局长幽禁起来达四十年之久。直到20世纪70年代，法国文化部长马柔访问苏联，企图翻翻夏加尔的老作品，仍然遭到当时的文化部长福尔采娃的拒绝。

但作为俄国犹太人的夏加尔，并没有因祖国对他的冷落而冷落祖国，而失去对祖国的怀念。在他后来那千变万化的绘画形式中，始终弥漫着俄罗斯的气氛：飞着的人，在空中沉思的牛和羊，倾斜的房屋，难分难舍的情侣……都联系着他的祖国，还有生育他的那个维台普斯克小镇。他和他的恋人蓓拉也常常作为画中的主角融入其中。这幅作于1917年的《散步》便是他终生所描绘的关于他和蓓拉主题的重要的一幅。那时俄国正爆发着十月革命，但画家那诗样的血液依然在体内奔流。夏加尔把妻子和恋人高举在空中，而蓓拉就像飘摇在大气中的一只风筝。夏加尔的脚下是俄罗斯大地，身后是养育他的那个维台普斯克镇。若从意识形态分析，很难说清这件作品的倾向。可以把它解释成为苏维埃政权而欢呼，也可以说它正宣布着作者决心要远离那个政权，在画家的血液里流淌的只是“爱”。

《散步》在画风上还没有形成典型的夏加尔风格，它正明显地受着立体主义的影响。但由此可以看出，夏加尔的艺术主张已经形成。他说有时候他觉得倒过来的人反而比“正”着的人更真实。“倒过来的桌子椅子给我以宁静满足的感觉。倒过来的人会给我以乐趣。”他说。于是倒过来的“宁静”和“乐趣”就成了夏加尔终生的追求。

上述论点属于夏加尔艺术化了的创作谈吧，这种创作谈富有文学性，而且体面，很多文学艺术家在成功之后谈创作的时候，会或多或少采用这种方式。不过，既然艺术创造是一种极为个性化的复杂过程，我就深信它内中的神秘根由反而不一定是那么艺术化的，也许触发一个大师找到绝对有别于他人的“资本”的，其实是他的某种短暂的与艺术无关的经历。比如德国先锋派画家博依斯，他一生喜欢用毛毡和油脂这样的材料制造作品，并非这两样东西本身的艺术含量有多高，“二战”期间他有一次在丛林中受伤，是鞑靼人救了他，给他裹上毛毡，并在他身体上涂满油脂，他的生命是靠了这两样才复归于世的，他的毛毡和油脂情结就随他走了一生。考证夏加尔，你会知道在他年少的时候，做过镇上一个画招牌的师傅的助手。酒店的招牌，肉铺的招牌，咖啡馆的招牌……招牌都是悬空而挂的，那酒、那肉、那咖啡杯等等物质便都飘在空中；招牌是要醒目的，而悬空正是为了醒目，一如中国古代那些商家的

“幌子”。一把茶壶如果高悬在一个家庭房间的空中，它就是怪异的不合常规的；一把茶壶如果高悬在茶馆的门上它就是可靠而又妥帖的。有谁设想过让茶壶、花束、牛羊和人高悬在空中却又那么妥帖、舒服呢。写、画招牌不能说是高级艺术，或说不属于艺术中的高级，在今天它可能归于实用广告艺术。但谁能否认夏加尔没有从世俗化的招牌那里获得过不凡的灵感呢。并不是每一个画过招牌的人都能如夏加尔一般，但夏加尔有神奇的力量如此这般，他就是大师了。

大师也常常是有虚荣心的，他们会下意识地隐去那于他们来说其实是最富人生滋味的一幕，让后来的研究者总是摸不着头脑。

至今没有人给夏加尔这“倒过来”的画风冠以什么主义，仅是他画中那鲜明而又单纯的抒情、诗韵和爱，就足以使他在整个世界占有一席之地了。这一席之地里很难说没有“招牌”的一点小小的隐蔽的功劳。

就像夏加尔画他自己与妻子蓓拉的主题一样，他一生也画过许多以牛为主题的作品。夏加尔与牛有着千丝万缕的感情。

养育过夏加尔的白俄罗斯的维台普斯克镇有四万居民，他们以耕作、腌咸鱼和屠宰牛羊维系着小镇生活的运转。夏加尔从小就天天目睹牛、羊的被屠宰，他在自传里写道：“在祖父的牛棚里，有一只大肚子牝牛，瞪着眼睛站着不动。祖父对它说：‘噢，好吧，伸出脚来，要绑你了，我要卖你的肉了。’牝牛叹了口气，倒了下来。我伸出我的手抱住牛的脸说：‘放心吧，我不吃你的肉。’哎，除了这句话，我还能讲些什么呢。”

后来夏加尔又叙述过变成屠夫的祖父是怎样将刀子插进牛的喉咙，大量的血喷出，一些不谙世事的鸡、狗是怎样等待着去争抢一块可能飞溅过来的碎肉。然后是动物的叫声，祖父的叹息声……每天都有两三头牛被杀，新鲜的肉供应地主和居民。

牛在夏加尔的镇上的命运，种下了他一生以牛为绘画题材的种子。在这里牛之于人永远是弱者，牛是俯首听命者。

在《我与乡村》里，夏加尔本人正和牛面对面地讲话。牛好像面对知己一样地与夏加尔倾心而谈，虽然它头上已是斑斑血迹，可能这就是夏加尔祖父割下的那个小牛头吧。牛是无助的，可牛仍然是这个乡镇的主宰者，夏加尔就像一位公平的见证人。我听见他手持花束对牛说，一切我都目睹过，你对乡村的意义和你的被杀。我还知道有了你的乳汁你的肉，才有了这镇上的一切，人们的劳动和欢娱。

夏加尔渴望牛也得到欢娱吧，对牛的命运他总是不甘心的吧，于是才有了《舞》这幅水彩画。牛为什么只能被人们喝奶吃肉呢，牛也会成为一个舞者、一个提琴手。于是幻想和诗化的意境便成了牛的另一个主题。在这里牛不再是任人宰割者，而是一位可以主宰自己命运的歌者。有评论家据此把夏加尔称为超现实主义画家。夏加尔对此不以为然。他只说："诗是人生的一种精神状态。上帝把诗意经由父母赋予你……如果你是莫扎特，那它就是音乐；如果你是莎士比亚，那它就是诗剧。"如此，夏加尔笔下的牛便是这大地上最富神性和暖意的生灵了。

牛在夏加尔绘画中的演变，便是诗样的血液在夏加尔身上奔流的结果。诗样的思维诞生了牛的不断升华。

在这时我想起中国一个名叫石舒清的生活在宁夏的作家，他的一篇名叫《清水里的刀子》的短篇小说，有着和夏加尔精神相近的地方。那是牛和人之间不可言说的小事，却是惊心动魄。

韩熙载夜宴图

有时我翻看历史绘画(中国的或外国的),常生出一种莫名其妙的遐想:难道历史上真的有过这样的人和事吗——包括那些画家的存在。特别是在欣赏一些"高手"之"高作"时,这种遐想就更甚。因为对于它们(他们),有根据的记载实在是微乎其微。比如出于五代时的画家顾闳中之手的《韩熙载夜宴图》,只在传至宋徽宗的宣和内府时,才有了记载画家顾闳中和画中主人公韩熙载的文字。从这里我们得知,韩熙载为南唐的中书侍郎,山东北海人,唐末进士,后战乱南逃,随中主李璟为官。后主李煜想起用韩为相,而韩得知北宋统一全国已成定局,自己再无可能在政治上有所作为,索性纵情声色乐舞之中,以放荡不羁的生活表示灰心失意的政治态度。后主李煜得知韩"多好声伎,专为夜饮,虽宾客糅杂,欢呼狂逸,不复拘制",便命宫廷画师顾闳中"夜至其第,窃窥之,目识心记,绘图以上之"(据《宣和画谱》)。这是唯一关于画家和作品的文字记载。但《宣和画谱》本是宋徽宗时的收藏索引,而宋徽宗距五代又晚了 200 多年。而且,作于 1119 年后的《宣和画谱》离我们也有九百余年,有谁能证实这本东西的真实性呢?晚清时有人可以把康乾时的官窑瓷器模仿得能够乱真,后人编写一部《宣和画谱》又有何难?至于摹刻一枚"天子宝鉴"的印章更是雕虫小技了。那么,"夜宴图"的这段空白便又无从考证。此外,关于顾闳中作此画的目的亦有多种说法。一说如上,算是正史,意思是李煜为"调查干部"而采取的一种手段。一说是李煜命顾闳中画成此画后交给韩,有"诫示讽劝之意"。另有野史云:顾闳中属于受贿小人,说这画是无中生有,作为佞臣攻击韩,使其贬谪丢官之证据。如此,这种正史、野史的众说纷纭,于作者和作品便都有了演义之嫌。再者,从艺术史的发展角度看,艺术总在不断前进,这一规律似乎是绝对真理。然而中国的人物画,从五代到上世纪初的近千年,为什么一直走着下坡路?到晚清、民国时,中国的人物画已跌至"惨不忍睹"的地步,功夫和趣味皆被画家丢至九霄云外。我作为距此画近千年的一个观众和读者,对此存有疑虑,不是很自然的吗?然而《韩熙载夜宴图》确又存在,它像一部从天而降的天书,把中国的人物画"拔高"到了一个不可逾越的高度。它的"千古至尊"的价值,直到今天仍无人超越。

《韩熙载夜宴图》是一部五段式的长卷,每段又可独立成章。第一段是描写韩与众宾客在听一女宾弹琵琶,据说弹琵琶者为教坊司李嘉明的妹妹,其余听众也各有其名,均为韩府的座上客。第二段为韩亲自击鼓,为跳六幺舞的歌伎王屋山伴奏。第三段是一个"幕间"休息场面,韩熙载正坐在床边洗手,大约是洗去击鼓后手上的汗渍。第五段是曲终人散之后,韩熙载独立虚空举手送客之场面。

这里介绍的是第四段,这是全幅宴乐情景的高潮:韩熙载精疲力竭,加之天气炎热,他便不顾在众人前的尊严而袒胸露腹,却依旧全身心地在听五位歌伎的管乐合奏。他那右手举扇又突然静止的姿态,是作者在处理此时此刻的韩熙载的绝妙之笔。这一段,无论对人物的刻画,还是构图、设色,均堪称中国人物画的经典。它那三组式的组合,它设色的雍容华丽而不纷杂,人物的聚散稳而不呆板,尤其居中那五位歌女动作一致中的求变,都达到了中国画无与伦比的佳境。

在西方的绘画史上，10 世纪正是拜占庭艺术的复兴阶段，它们以教堂壁画为主，把耶稣和他的门徒作为主要描写对象，其形式也是平涂勾线的手法。但无论构图、设色，还是对于线的运用，都大大逊色于与此同时代的《韩熙载夜宴图》。五百年之后，意大利文艺复兴时，油画的出现，才使西方绘画在人类历史上奠定了自己的位置。而西方的文艺复兴时，正值中国的明朝中叶，这时中国的人物画值得一提的，似乎只是美术史家为了填补中国美术史的空白而设置的。不知那时的唐寅和陈洪绶为什么不多研究一些顾闳中。

我愿意五代时中国真的有位画家叫顾闳中，我愿意相信《韩熙载夜宴图》不是从天而降，它是中国古代画家大才情和大智慧的结晶。

护心之心

1995 年夏天我在台北访问，拜会了长久以来就敬慕的作家林海音先生。那是让我难忘的一天，先是在林海音家中与她聊天，然后她又请我们几位去一家德国馆子吃西餐，她特意为我们叫的香蒜明虾至今我还回味无穷。饭后，我们又去了林先生的纯文学出版社。当时的台北很闷热，77 岁的林先生因为陪我们又不得午休，可是这位身着花色淡雅的中式套装的雍容端庄的小老太太，精神抖擞毫无倦意，给我印象深刻的是她还穿着一双秀气的高跟鞋。林先生的行动和思维都是敏捷的，在她的出版社里，她签名送我几部她的著作，其中就有未经删节的原版《城南旧事》。接着她说，如果我们愿意，可以随便挑选她这里的书带走。我选了这套由丰子恺作画，弘一法师书诗的《护生画集》。

《护生画集》全套共六本，图文各 450 幅。林海音在书前的序言里写道："《护生画集》的流布，始自半个世纪前的民国十八年。丰子恺为他的老师弘一大师的 50 岁画了 50 幅护生画，每幅画都由弘一法师自己题词。十年后是弘一大师 60 岁，丰子恺绘 60 幅以祝，仍由弘一大师题字 60 幅。自后他们师徒二人便相约以后每隔十年续绘一集，即：70 岁绘 70 幅，80 岁绘 80 幅，乃至 90、100…… 以达功德圆满之愿。但是没有想到弘一大师在第二集印制后不久，便于民国三十一年 62 岁时在福建泉州去世了。这时正是对日抗战期间，虽然大家都在逃难，但是丰子恺并未因此停止已许的愿，在颠沛流离中仍继续作画……1966 年，大陆上‘文化大革命’起，文化人无一幸免，丰子恺当然也遭清算……即便如此，丰子恺一方面遭清算，一方面在暗地里，仍然继续画他的护生画，设法寄到新加坡的广洽法师处，所以第四集、第五集、第六集都在海外由广洽法师募款为之印制。当初丰子恺也曾考虑过，如果每十年一集，画到第六集一百幅时，他已经 82 岁，是否能如此长寿呢？所以他便提前作画，果然第六集的出版，是弘一大师百岁寿冥的 1979 年。但是丰子恺却已于 1975 年 77 岁时去世了。他未及见到全集的完成。”

我一向喜欢丰子恺先生的散文和漫画，一次在奥斯陆和一位丹麦汉学家闲聊，还得到他所赠一册丰子恺的散文集《缘缘堂集外遗文》，内中一篇名为《优待的虐待》的文章里那种丰子恺式的幽默真让人心生喜悦。他的画亦有他的散文的气质，那似是一种浑朴中的优美，散淡中的机智，纯正的童心里饱含大的人生悲悯，看似平凡的小角落里处处可见温暖清新的爱意。《护生画集》顾名思义便是爱护生命，其中丰子恺又着重描绘了人类对动物类的爱护或者轻视。他的命题是大的，落笔却是别致有趣。比方这幅《生的扶持》，一只缺了足的蟹被它的两位同伴奋力抬着前行。弘一法师在旁有诗云：“一蟹失足，二蟹持扶。物知慈悲，人何不如。”丰子恺寥寥几笔，就把这三只团结向前的蟹画得充满了人情味儿，有那么一点悲凉，但你看那些舞蹈着一样的蟹爪们，摆脱困境却不是在齐心地做着最大的努力吗？再来看这幅《暗杀》，这个人类最通俗、最多见的打苍蝇场景，因为丰子恺换了视角，便足可以被叫做暗杀了，暗杀都是要蹑手蹑脚的。今天的一个时髦词叫做“创意”，套用这个词，则类似《暗杀》这样醒人头脑的创意在《护生画集》里数不胜数。比方丰子恺画一穿棉袍者手拎一只蹄髈走在年关的街上，一只小猪跟在那蹄髈后边。画名曰“我的腿!”比方他画厨房一角,两只灶眼里扑出火苗的灶台前,一长凳上摆有一盆水和几条鱼,画名曰“刑场”。画面上一盒刚打开的鱼罐头,他冠名为“开棺”;一头耕牛卧在柳树下,他把这称为“牛的星期日”。在一幅名为《盥漱避虫蚁》的漫画中,母亲在嘱咐正站在院子里刷牙的孩子,不要让漱口水袭击了地上的小虫。还有一幅蚂蚁搬家的画,孩子看见蜿蜒曲折的蚂蚁队伍,便在这队伍的上方排起一溜板凳,说这是长廊,能为蚂蚁遮挡风雨。还有一幅画叫《游山》,画中一女子骑着一只狮子悠闲地在山路上走。画意是说,人如果对猛兽善,兽也会如此柔情,也会与人和平共处的。这真是丰子恺先生的美梦。好莱坞的电影《狮子王》比丰子恺先生这美妙的梦还晚了半个多世纪呢。

也许有人说,因为丰子恺是佛教徒,所以他对“护生”格外有兴趣。这是有道理的。但以此涵盖他生命哲学的全部,好像还是简单了些。也曾有人在读过《护生画集》后,说这是自相矛盾的画作,作者叫我们不要杀生和伤害动物,又叫我们不要损害植物和小草。人类的生存怎么办呢,难道我们只有去吃沙土和石头吗?——就是沙土石头里也可能有动物、植物啊。对此,丰子恺这样回答:“护生者,护心也。详言之:护生是护自己的心,并不是护动植物。再详言之,残杀动物植物这种举动,足以养成人的残忍心,而把这残忍心用于同类的人。故护生实在是为人生,而不是为动植物。”这就是前边我所说他的大的命题了,他的可贵在于用了最“浅显”的形式将它表达了出来,如同他的佛教观那样朴素易通,那样活泼生动。此外,《护生画集》本身所具有的艺术欣赏价值也值得读者注意。丰子恺以简洁、稚拙、不事雕琢的线条勾勒出的那些只属于他的形象,他的画风影响着中国的后辈漫画家,包括在今天已成前辈的那些大家。

幸好丰子恺先生没看见我在台北的德国馆子里吃虾的吃相儿，那可是在吞食动物啊。也幸好我自以为读懂了《护生画集》，便不再为此心虚。游走在丰子恺为读者创造的充满人道主义关怀的情境之中，我格外想要护好自己的心。

我看父亲的画

我是父亲的孩子，从小就看父亲作画。

在中国，拥有自己画室的画家是不多的，在从前的许多年里，父亲的画架常常随意放在家中的某个角落。我在油画颜料清苦的气味中看父亲怎样把空白的画布铺满颜色，当父亲擦笔的废纸撒满地板如一地怪异的花时，我就知道他又完成了一张新作。在文化萧条的时代，父亲的油画大都背朝外地靠在墙角，而水粉、水彩则被平铺在褥子底下。至今我还记得，当友人前来看画时，母亲是怎样协助父亲掀开厚厚的褥子，再由父亲小心翼翼地抽出他的一沓沓小画和大画。那时父亲的一双大手托着他的作品，脸上满是宁静的疼爱之情。或许正是父亲的这种表情最初启迪了我的心智，当我对绘画一无所知时，就忽然明白了艺术的魅力。

我想，假若一个人找到了他面对世界的表达方式，便不会轻易舍弃，因为这种表达本身即是他生命形式的一部分。父亲无疑将绘画视为他生命的一部分，他的每一个画面，又好比由他的生命派生出的许多永恒的瞬间。

父亲的画，就因此弥漫着一种可以触摸的激情。即使面对着他的静物，我也会生出快乐的不安。于是我想：什么是静物呢？照字面的解释，静物就是安静的东西。但是山川树木不也安静着吗？它们进入画家的视野，可被称作风景，静物实际也是风景的一种啊。在画家的笔下，一只花瓶的呼吸与一条河流的沉默原本无须界定，它们都是有形的生命。还有人，人在父亲的笔下不也是静穆着的自然吗？作为观众的我，只有在他的画上才会在雨后的村边读出许多北方的故事；才会在被薄雾打湿的无名花瓣上感应到世界的庄重和俏皮；才会在娇艳欲滴的红土堆上发现令人惊惧的美丽；才会在蓬勃茁壮的人体上领受到自然的恩赐；才会在黑的山白的树身上悟出喜悦人生的明媚。

今年 5 月，当父亲在中国美术馆举办他的个人画展时，像过去的每次画展一样，许多新画被堂皇地排列起来，但父亲依旧不忘他的老画。他把它们一张张拓出来，老画们好像还带着棉花的气味和人的体温，父亲已有了白发。有些老画虽小，可它们并不羞惭。因为父亲几十年的劳作人生和他的梦想，仿佛都被挤压在那些画面之上了，它们永远有资格和父亲的新画一同面对观众。面对从前这些被棉花和人体焐过的画，我很想放声大哭。父亲这一代人，经历了战乱、饥荒和文化的浩劫，经历了那么多悲凉和孤寂的时光，是什么使他挽留住了直面人生的一片童真？在父亲的画里，最少有的便是世故。他固守着自己的灵魂所感知的世界，他又用颜色和笔触为观众创造出充满动感的新奇，使我每每温习生命的韧性和光彩。假如人生犹如一幅幅风景，父亲的风景线上，处处是烂漫的真情。

并不是每一位人过中年的艺术家都能挽留住这一份烂漫的童真，这童真的冶炼，就始于艺术家在他的作品被压在褥子底下几十年之后，对日子依然的不倦。

我是父亲的孩子，从此更加渴望理解父亲的风景。当我到了父亲的年龄，在我的风景线上，能够挽留住什么呢？

蜻　蜓

这幅情节性绘画取材于真实的历史事件：俄国16世纪的沙皇伊凡雷帝，生性暴戾多疑，一次盛怒之下用权杖打死了冲撞了他皇威的亲生儿子。

我第一次看到此画，是在苏联于20世纪50年代特为中国印制的带有中文繁体字说明的印刷品上。1960年代中期，我读小学一年级时，经常在周末从寄宿学校回家之后翻弄这些属于父亲的国外绘画印刷品。还记得那不是一本画册，是一些衬以微黄色卡纸的散页。画幅都是16开大小，被装在一只灰褐色漆布封套里。这些印刷品散页里还有列宾的《伏尔加河上的纤夫》、《不期而至》、《蜻蜓》以及列维坦、勃留洛夫等人的作品。但给我印象最深的还是《伊凡雷帝杀子》。画面上老皇帝杀子之后那惊恐、绝望、痛悔和发疯的眼神，他那由于惊吓而深陷的太阳穴，以及濒死的皇子额上和鼻孔里流出的黏稠血浆令我惊骇不已，我感受到一种遥远而又结实的忧伤。皇子那英俊的外貌也曾引起我这个七八岁的孩子朦胧的爱慕，忧伤也就随之更强烈了。那是我第一次看到画面上的血迹，正是这幅画使我对所知不多的人生开始有了最初的隐隐的疑问和不安，当时中国的“文化大革命”尚未开始。我害怕看《伊凡雷帝杀子》，但越是害怕就越是非看不可，仿佛在独自享受一种让人透不过气来的悲哀的快感。

几十年后，20世纪最后一年的夏天，我在莫斯科的特列契雅柯夫画廊见到了《伊凡雷帝杀子》的原作。经验告诉我们绘画印刷品的魅力敌不上原作的十分之一，奇怪的是我站在这幅曾经震撼过我少年之心的巨作面前却没有再次被震撼，我想也许因为在那个相对封闭的年代里，那幅质量并非上乘的印刷品已经给了我太多东西，我主观领受到的甚至超过了客观想要给予的。画家100多年前描绘出的血迹依然鲜活，成人之后了解了列宾的一些故事，才知道他在画皇子面部的鲜血时，恰巧观察过女儿从秋千上跌下磕破鼻子时的血流状态。而他为了这件创作，还把家里布置成一间皇帝的“寝宫”，并请一名画家和一名作家分别为他做皇帝父子的模特儿。

站在原作前我只是格外被画面上伊凡雷帝那只紧紧捂住儿子冒血的额头的左手所打动。那手腕的用力和手指紧紧的闭拢表现出一种真切无比的、亲子的向回“搂”的动态，那是如此徒劳，因为徒劳，所以更加释放出复杂难言的哀恸。而他那死死揽住皇子腰部的右手，更是青筋毕露，血管暴胀，那一瞬间似用尽了一个父亲而不是一个皇帝的妄想儿子复生的全部悔意和气力。

《伊凡雷帝杀子》的画面在1913年被一名持刀观众划破了三刀。同年，已经年老的列宾专程从他的地处芬兰湾的皮纳特庄园亲赴莫斯科为该作进行修补。不能猜测说列宾这个画面破坏了某种人类情操，所以才被那维护人类情操的人破坏了这画面。相反，我认为他这幅画准确表达出了人的情绪在最复杂、最激烈的一刹那，那充满戏剧性而又彻底无助的苍凉。

选择《不期而至》这幅画不是因为喜欢它，而是因为它给我的欣赏带来过许多障碍。我是在看《伊凡雷帝杀子》的同时看《不期而至》的，这也是一幅情节性绘画。画面告诉我们这是一个相对富裕的家庭的客厅,“不期而至”指的是左边正走进门来的那个男人。背对观众弯腰起身的可能是他的妻子;右侧桌边有两个孩子,男孩是一脸兴奋的好奇和随之而来的身子的上挺;女孩是有点排斥的惶恐以及身体的瑟缩。开门的女仆表情淡漠,说不上是在欢迎。列宾的专门研究者大概会从许多方面论述这幅名作的经典之处,但当时看画的我,一个七八岁的孩子,注意力只在一点上:这个进门的男人是谁?我问我的父亲,父亲说他是一个流放归来的十二月党人。我又问什么是十二月党人?父亲说你太小你不懂。我又问,那你怎么知道他是一个十二月党人呢?父亲说,他念大学时,讲美术史的老师告诉他的。

问题就在这儿了。即使一个成人,若对美术史没有了解,也不会看出那意外归来的人是一个十二月党人。欣赏绘画难道需要有这么多复杂的说明吗?画中男人只有加上十二月党人的标签,才勉强使这幅画具有一些社会批判的意义和历史的深厚之感。反之,这幅画对观众又有什么意义呢。我几乎想说实际上它不产生任何意义。画家在这里想要完成的,似乎应该是交给作家去做的事。

近年来西方一些权威美术出版社始终把列宾排斥在世界顶级艺术家之外,这固然有他们的偏见,却又不无道理。我想一些艺术鉴赏家排斥列宾乃至俄国画派的重要原因,不在于列宾的风格通俗多见,而在于俄国画家们在确立艺术观念时所表现出的忠厚的偏执。俄国的“巡回展览派”以及他们的前身“彼得堡自由美术家协会”的悲剧在于,他们一开始便把自己牢牢捆绑在批判现实主义这架战车上,决心直接通过绘画为俄国的现状和前景而呐喊。他们以斯塔索夫以及车尔尼雪夫斯基的唯物主义美学原则指导创作,一方面决心做俄国社会的叛逆者,另一方面他们又不自觉地依附于那个他们企图叛逆的社会，而他们的创作特征又始终显示着他们在受着文学的“羁绊”，这势必会大大削弱视觉艺术自身应该贡献的价值。于是，他们的油画技法再无可挑剔，主题再明确无误，全方位驾驭油画的能力再聪慧过人，19世纪的俄罗斯被他们印证得再活灵活现，其作品的局限性也正好无奈地寓于这些特征之中。再说他们要做的事，先于他们一百年的戈雅和德拉克洛瓦早已做到了。这就不如列宾的另一位老乡，久居法国的夏加尔。夏加尔的创作意念终也没有离开俄罗斯，乃至他生长过的热土捷布斯克，那里的房屋、牲畜和人不时在他的梦中、在他的作品里浮现，就连他屋后住过的一位赶车人和赶车人的马也叫他终生难忘。他这样叙述着：“我家的后面住着一位赶大车的人，他和他的马同时在工作。他那匹善良的马勉强地拖着重物，其实是赶大车的人在拖。”夏加尔的发现和对此的反复描写，与列宾对于伏尔加纤夫的情感是多么相像。可惜，不论我们对《伏尔加河上的纤夫》有多么偏爱，地球人的大多数对此仍然表现着“不公平”的冷漠。我看见芝加哥艺术博物馆里的观众站在夏加尔为该馆中厅所作的嵌镶窗画跟前，表现出一派热烈的肃穆，而当你问到对列宾的看法时，他们的神情则是轻率的。我站在那几方窗画前想为列宾鸣些不平，一边又再次觉出历史和艺术史就是这样无情。

夏加尔坦率地叙述着问题的症结：“艺术中的一切固然是无意的，但它应该与我们的血液的跳动和生命的存在相应。”“油画中往往隐藏着更多的话语，寂静和疑惑，文字可以表达这一切。这些话语一经说出，就会削弱本质性的东西，把人们引向别的道路。”立体主义和抽象主义对艺术史的介入，和人们对它们的认可，能够证实以上的道理。由于观念和观察世界方式的改变，艺术已不再是一个诸力平衡的世界，它解放的是人们感觉的局限，并且颠覆着人们的文化心理。于是列宾的美与和谐再次受到了无情冲击。越来越多的观众已习惯接纳本不能接纳的零乱的非美主义，而有些既和谐又符合“道德美”准则的画面，人们反而感到它的淡而无味。当他们通过列宾浮皮潦草地“读懂”了俄国之后，便把这位大师冷落一旁了。而看上去不符合美学准则的夏加尔们、毕加索们，却直捣人们的心灵，使你无法摆脱。

还是回到开始的《不期而至》，尽管从“美术”二字出发，这幅画确有很多地方是有精彩之“术”的，它的严谨的构图“术”，画面人物布局、透视、造型的准确以及对每个人那不深不浅的表情的分寸得当的刻画，都堪称经典。可我还是要说，这种全方位驾驭油画的能力，这种对情节性绘画的完美的完成，一百年前的戈雅他们已经基本做到了呀。我真的不喜欢这件作品，但我仍然尊敬列宾和“巡回画派”。我尊敬他们对技艺的匠心，尊敬他们无邪的劳动付出，尊敬他们选材时所占据的道德优势和对人类社会直截了当的责任感。

近读一位评论家关于列宾的文字，说他与同时期的法国印象派画家莫奈相比，远不如后者声名显赫，颇有些“养在深闺人未识”之憾。其实列宾早已不在“深闺”处，可我对他的认识的确也就是如此了。

列宾在1880年与托尔斯泰认识，其后两人有着近三十年的交往。在列宾一生的肖像绘画中，对托尔斯泰形象的塑造占据了一大部分，包括油画、水彩、素描、雕塑等，约七十余件。托尔斯泰在犁地；托尔斯泰身穿宽大的偏领亚麻衬衣光着脚站在庄园的深色土地上；托尔斯泰躺在树下读书……这些都让人感到亲切。特别当我在2000年造访过托尔斯泰故居——莫斯科附近图拉省的波良纳庄园之后，回头再看列宾的这些创作，似有一种心照不宣的熟稔。那是一个比较贫穷的农业省份，托尔斯泰庄园少有豪华、造作的贵族形式，它的气质更接近散漫、天然，它的马厩、干草屋和苹果园以及托尔斯泰母亲洗澡的湖边小围栏，不时让你感到主人和土地、庄稼、青草、收割……的密切关联。我甚至觉得自己能够找到列宾画面上那棵笼罩着托尔斯泰的老橡树。但是若论第一，我以为还是这幅藏于特列契雅柯夫画廊的《托尔斯泰肖像》。这也是列宾所有肖像画里最出色之一。

列宾这幅肖像的成功在于他超越了自己和其他画家一直侧重的托尔斯泰那社会批判的角色，以及他那表面化的农民外形。在这里，观众看到的是一个大智者，一个深切而又超然地注视着人类的作家。他的视像并不十分具体，目光却是集中的，犀利而又高贵。他那饱满的前额，眉间那道被画家有意描绘的竖直的皱纹，以及那部由列宾的潇洒所刻画出的、好似牵连着他最细微神经的仙样的胡须，使整个的托尔斯泰显得超凡而又质朴，痛苦而又安详。观众被这颗头颅所深深吸引，其余可以略去不记。这也是列宾的成功了：他用笔洗练、简约，不纠缠于不必要的细枝末节，而将全部激情和才华运用在托尔斯泰的面部。他多次说过，“他脸上的每一个细部对我来说都非常珍贵”。

托尔斯泰喜欢列宾所作的肖像吗？不知道。有一件事我一直有点好奇：列宾在自己的画室接待过托尔斯泰，画室里摆着后来被称为列宾经典的宏大场面的巨作《查波罗什人给苏丹王写信》和《库尔斯克省的宗教行列》。托尔斯泰对这两件巨作反应很淡漠，他喜欢的是画室里的另一张小画《夜校女生》。而后者列宾最终没有画成。我无从知道托尔斯泰怎样看待列宾的绘画，我只愿意做些猜测：托尔斯泰对绘画中的宏大场面是畏惧或说是不感兴趣的。以他对人生注视的宽广程度，无须再用大场面的绘画去扩大他心灵的宽广了吧，这是一个大作家心灵真正的高傲，也是像他这样一个观众对绘画欣赏的独特的最本质的要求。

维拉·列宾娜是列宾的长女，列宾 1884 年为她所画的这张肖像也曾翻译成《蜻蜓》，我在童年看到的那些印刷品散页里，此画就是被译作《蜻蜓》的。我更喜欢这幅画被叫做《蜻蜓》。看《蜻蜓》使我感到愉悦，高远的宝石般的蓝天，似凌空而坐的小维拉，她的逆着阳光的脸，遮阳帽投下的阴影和右腮边未被遮住的一小块明亮的阳光。她微眯着眼睛，好像撒娇似的躲避着又享受着太阳、大地、蓝天和空气。她的坐姿被画家安排成悬浮式，观众读画时略微的仰视，更增添了画面上的女孩子那无忧的自在之感。她是可以被叫做“蜻蜓”的，因为肖像本身洋溢着欲飞的诗意。可以想见列宾在画这幅画时的心情，这心情是柔软放松的、明朗欢快的。他爱他的女儿，一生为她画过很多肖像。不幸的是列宾晚年的家庭出现了很多麻烦，婚变、次女的精神病、债务……使列宾不得不放下自己的创作计划，去接受大量的显赫人物的肖像订单，以维持家庭开支，他和长女的关系也十分紧张。人到中年的维拉不再是那个阳光下天真无忧的可爱孩子，她勤于算计，经常提醒和逼迫列宾在大量习作、速写、画稿上签名并追加日期，然后将它们卖出好价钱。在这里我要举出列宾于 1926 年为长女维拉所画的石版铅笔素描。画上的维拉已是一个地道的中年妇女，一个活得并不舒展、有点缩头缩脑的女人。脸是平庸而又紧张的，目光疲惫无神。她和“蜻蜓”相去甚远了，两张画排列在一起，你会感受到生活的残酷和命运的完全不可知。而列宾的贡献在于他在画中年女儿时的诚实，所以才有了他对她表情的一瞬间那精确、深刻的捕捉，和他的近于无情的坦率描绘。

当照相术普及于人类之后，曾有人断言绘画将很快消亡。列宾的这两幅肖像再次使我坚信摄影和绘画是不可互相替代的。在21世纪的今天，也有人不断宣称：由于装置艺术的兴起，架上绘画会很快消亡。可能还会有人戏谑地说，如果你喜欢看兔子，何必要在画上找兔子呢，你可以买只兔子看呀。愈来愈发达的物质文明的确会使买兔子这样的事情变得非常简单，但，愈是在简单的物质生活里的人，愈会有一种精神上的复杂需求吧，就比如他渴望一只艺术里的兔子。就比如他已经站在一棵树下，却还是渴望着看见画面上的一棵树。

我在特列契雅柯夫画廊看《蜻蜓》，为了在这画前拍照，我特意花60卢布买了获准拍摄的票。我拍下了和《蜻蜓》在一起的照片，在这时还想起一位我所尊敬的老作家的话："在女孩子们心中，埋藏着人类原始的多种美德。"当我们青春已逝、华年不再，我们若依然能够与我们的美德同行，人类该有着怎样的一份温暖啊。

农民舞会

勃鲁盖尔是16世纪荷兰绘画的开拓者，他选择直言不讳的世俗内容，借着对事物细节的忠实描绘与怪诞幻想的唐突对比，表现人世缩影。画风古朴率直，善以高视点构图、侧面轮廓线描摹，令画中的人物、事物看似简单，实际却产生强烈、有力的效果。由于在他为数不多的五十余件作品中，有相当部分表现了尼德兰时期的乡村生活，所以他被同时代人称为“农民画家”。很难断定这种称号里有多少善意，有据可考的是19世纪德国权威艺术史家华更的论点，在当时得到绝大多数观众的赞同。华更这样形容勃鲁盖尔的绘画：“他观看这些（农夫的）景象的方式虽然是聪巧的，但却也十分粗糙，有时甚至庸俗不堪。”华更崇拜的是如拉斐尔那样的描绘完美和理想形象的大师，他以及相当一部分世故的艺术圈子里的评论家对勃鲁盖尔蔑视不顾便也可以理解。

这幅《农民舞会》是勃鲁盖尔的晚期作品，也可以说这是一幅情节性绘画。当地农民可能为了庆祝一个圣人的诞生日而聚在一起开起舞会，但小教堂却被画家有意设置在远处；一间插着幌子的酒馆则占据了画面的一半，成为舞会的最突出的背景。画面上的人，远处舞着的人，右边那一男一女正奔跑着要去舞的人，左侧那个头戴白帽的苏格兰笛手，还有笛手身后的酒桌上那几个喝得半醉、正高谈阔论的人，他们虽状貌各异，但在神情上有着一个不容忽视的共性，就是他们都不快乐。那个几乎是背对观众的黑衣男人，他的侧面告诉我们，他对这个舞会有着诸多欲望，而这欲望显然不在他身后被他拉着的女人身上。左边那个苏格兰笛手有点皱眉觑眼，并且神不守舍，他的注意力不在他吹奏的音乐上，也不在身边那个穿着红背心、帽子上插根羽毛的有点虚荣的年轻人身上。他看上去老谋深算，一肚子邪火。画面最左边，酒桌上那个最左边的男人，他那竭力扬起的下巴和紧紧抿住的薄嘴唇，透露着他的不满和他那酒也压不住的愤怒难平的心绪。而在不远处的酒馆门口，女店主正强拉客人往里走。这就是勃鲁盖尔笔下的农民舞会，他笔下的农民的确称不上是优雅，也不似米勒笔下的农民那样与大地自然地浑为一体。但也许这正是勃鲁盖尔独特的价值和他的深刻所在。他对他的乡亲直接的、果断的、稍带尖刻之感的描绘，准确表达出他对他们那爱恨交加的情感，他对他的民族的深切理解。欲望，贪婪，无休止的争吵以及暴饮暴食的诸多丑态细致入微地集中呈现在《农民舞会》的画面上，你会感受到一点不是农民的，而是人类的某种带有罪恶感的悲哀。

所以我想说，勃鲁盖尔不是农民画家，他是深刻地站在一个高度上表现了农民的大家。他以惊人的真实表现了人类粗鄙的一面，并不等于说他就是粗鄙的。我想起在19世纪的俄国，也有评论家曾说契诃夫是庸俗的作家，依据在于他笔下有一大批庸俗的人物。而契诃夫正是用他的这批小说一生与庸俗作战的。

勃鲁盖尔对画面细节不厌其烦的精确而热烈的铺陈，可能源自那个报纸、照相、电视、电影等媒体一概都不存在的时代，绘画还担负着满足大众普遍求知欲的重负。而他的这些妙不可言的佳作甚至被后人在拍摄电影、电视和戏剧时不断用来作为考据当时生活、服饰和乡间道具的重要依据。他刻画人物所用的鲜明的轮廓线和清晰、单纯的色彩与那些精彩细节能够在同一画面自然融会，这本身就充满着无尽的妙趣。

《疯狂玛格》画面中间那个身穿男人战袍、头戴盔甲、一手持剑、一手挽着包袱和篮子、腋下夹着宝盒的红鼻子女人就是玛格了。玛格是用来形容任何泼辣、蛮横女人的贬义名字。在尼德兰流传的谚语中,疯狂玛格能够进入地狱抢劫一番,然后毫发无伤地返回。

有评论说勃鲁盖尔在此画中讽刺霸道、聒噪的女人,谴责人们贪婪之原罪。你看,玛格和她那群貌似鬼魅的同伴已经满载而归,但贪得无厌的她们仍然准备把地狱一扫而空。其中最按捺不住的当数玛格。画面右下方,当她的一伙女伴正洗劫一间房舍时,玛格已穿越了一片布满怪物的平原赶往地狱之口。那地狱好似一个巨大的猪头怪兽,通向它那丑脸的吊桥已被玛格一个身形奇异的同伙奋力拉下,此时对地狱无所畏惧的是这群女人,而那拟人化或说拟兽化了的地狱反倒对她们怀有疑惧。

勃鲁盖尔真是在讽刺霸道的女人吗?评论者还找出了西方谚语中的一段来证实勃鲁盖尔的出发点:“一个女人喋喋不休,两个女人制造麻烦,三个女人喧嚣如过集市,四个女人反目争吵,五个女人组成军队对抗第六个手无兵器的魔鬼本身。”女人在特定的时刻可能会如这谚语所描述的那样强大而又嚣张,因为女人,特别是处在西方最黑暗、最压抑人性的中世纪的女人,她们真正是受禁锢最深的最底层的一群。因此当我看到《疯狂玛格》时,我宁愿相信这是勃鲁盖尔描绘的一场中世纪女性的彻底革命,一场女性的集体狂欢。那气势宏大的场面,那因火光冲天而酿成的整个画面的橘红色主调,强调着这场革命的激动不安的情绪,地狱已在眼前,这里却无死亡之气息。因为处在画面中心的玛格是一副向着地狱进攻的姿态。她和她的同伴们的彻底，让地狱都感到害怕。右下方那群正在抢劫房舍的头缠白巾的女人形态和装束完全是最普通的劳动妇女，她们并不丑陋；玛格倒是难看的，她那向前突出的红鼻子，她那筋肉松弛的树皮样的长脖子，还有她的嘴，竖在上唇那琐细、深刻的一道道皱纹，流露出她长年累月的数落、怨愤、哀愁。因为她们是底层，她们的痛苦便双倍地多于常人。她们一旦革命，便也格外具有爆发力。她们在这时的忘我会使她们变得面目凶残，然而这是否都是女人的过错?

勃鲁盖尔以苦干实干的笔法详尽勾画了这场女人的暴动，不能说他对她们是恭敬的，但他对此有一种巨大的理解，或者说他的画面帮助他实现了这种理解。在处理细节部分时，他遵循了一贯的原则：毫不疏忽对画面配角的刻画，包括对地狱上方那盏灯的一丝不苟的详细描绘。勃鲁盖尔苦苦的写实和看似荒唐的梦幻使整个画面繁复动荡而又有序，神奇缥缈而又结实具体。

勃鲁盖尔带给绘画的价值我以为我们是估计不够的，他在黑暗的中世纪的突然跳出，他的反叛精神和真正的先锋气质，实在值得我们研究。他必是那种有能力影响后来者的大人物，后来的达利、夏加尔们肯定都从他身上“偷”过东西。而他又是多么让人费心猜测，因为他连一句关于艺术的发言也没有留下来。当然，对于一个以造型艺术为本的大家，这也许并不是最重要的。

狮如何变成孩子

塞尚出生于1839年，那时电报已经发明三年，螺旋桨已经发明六年。他的同乡、同学左拉年长他一岁。工业革命的兴起把一个平面的人类社会变得“立体”起来，这使得塞尚和左拉从学生时起，思想便异常活跃。他们一起散步，一起作诗，想入非非。后来，作为作家的左拉和作为画家的塞尚，作品里便都带出些在当时看来的现代性。再以后，左拉曾把这种“现代”意识完整地体现在他的一个名叫《妇女乐园》的长篇小说里，那是关于一个下层女子如何变成一家购物中心的领导人的故事。而被称作现代绘画之父的塞尚的作品，则不断让研究现代艺术的后人寻根似的当做经典去联系，直至今日。《保罗·艾里克斯向左拉读稿》不是塞尚的代表作，从年代上看它作于1868年，此时塞尚29岁。这时他那被后人视为经典的“质感”“量感”或曰平面上突起的“浮雕式”的形式还没有形成，但塞尚毕竟已通过这幅画向世人宣布，现代意识已经开始在他的作品里萌发，画面主要人物身上那些白加黑的乱线，已经向世人宣布，绘画中的“线”和“面”应该也可以是这样的。我们稍加注意，就会意识到这些看似一塌糊涂的理不清的乱线已经展现了后来的马蒂斯、毕加索乃至米勒的某种“出处”。换句话说，塞尚之后的诸流派便是从这团乱线中寻求到于自己大有可为的裨益。这时塞尚开始确立着他的现代艺术父兄的位置。

此画值得一提的还有，问题到此并没有结束。《保罗·艾里克斯向左拉读稿》还让我们看见画家是如何在纷乱的形式中确立画面的秩序。画家有时仿佛观众的启蒙者,有时又好像观众的领路人,他自信地带着你按照他的意图在一个散漫无序的画面上作一番有序的欣赏。你是否感觉到,你的读画最先是从左拉身上那一团乱线开始的。然后是左拉的脸,然后是他手下那一方白的台布。接着你的视线才会向左移、向上转,你会通过艾里克斯坐着的那把椅子,去看艾里克斯的脸。最后你的视线停下来,停在艾里克斯的稿纸上。塞尚不仅为你设置了一团乱麻似的线,还为你设置了一个永恒有序的怪圈。想读这幅画,你似乎必须按照塞尚的指示去读。不是任何一个画家都有引导观众读画的能力,又不是所有的名画都蕴含一种有序渐进的读法。但大师们都具有一种引领你读画的意识,像达·芬奇的《最后的晚餐》,像拉斐尔的《西斯廷圣母》。塞尚本人亦有毫不谦虚的大师意识,他有一句很著名的话:"像我这样的画家,每隔一个世纪才会出现一人。"不错,他确有骄傲的资本。但当我在彼得堡的艾尔米塔什见到基里柯的一幅宗教题材的油画时,我还是立即断定塞尚那颜色和体积感的完美结合是受过此位前人的深刻影响。然而,更值得我深思的是,这位前人没有成为一个体系,而塞尚是了。

圣维克多山是塞尚一生描绘最多的一个题材,这座位于法国南部塞尚的故乡艾森普洛文斯的山,似乎联系着塞尚的命运,联系着塞尚的喜怒哀乐。

青年时期已经受过高等教育、学习过法律专业的塞尚,却立志把兴趣转向艺术。他 24 岁投考美术学院未被录取;几次参加沙龙展,作品一再落选。这使得他很长时间游离于那个艺术圈子之外。失意的塞尚,不时回到家乡对艺术作苦思冥想。家乡的维克多山总是在提醒着他：或许艺术殿堂离他并不遥远，就像他眼前的维克多山一样。于是，从那时起他便开始了对这山的描写。之后，每一次失意，塞尚就会有一次故乡之行，手下便也会多几幅圣维克多山。春、夏、秋、冬，油彩的、水彩的、铅笔的……堆满了他的房间。那时塞尚的故乡可能在悄悄传递着一个消息，看啊，塞尚又回来了，画维克多山呢。人们传递着这个不吉利的信息，又在暗中祝福着他。对维克多山的反复描写，终于使他明白了一个道理，想在法国那个高不可攀的艺坛争得一席之地，不在于你画什么，而在于画家赋予手下的题材一些什么。塞尚决定赋予圣维克多山的是神秘和壮丽。它使我们就像回到了天地初开时的那个蒙昧世界，就像基督和摩西都攀登过的那座西乃山。塞尚告诉人们，假如你能攀上山顶，你一定可以知道天上的秘密。

我不知在他以后的印象派画家朋友毕沙罗，以及马奈、莫奈竭力举荐塞尚，是否和他的圣维克多山有关，但这位大器晚成的大师越是有把年纪时，画得最多的还是圣维克多山。这山成为他终生喜爱的两个题材之一。另一个题材是苹果。于是圣维克多山遍及了全世界的美术馆和艺术博物馆。一些有"派头"的美术馆若是少了塞尚的圣维克多山，会像少了莫奈的草垛一样遗憾。

面对塞尚的《大浴女》，我常常感到一筹莫展，不知该作如何解释。再说至今我也没有发现一篇能准确诠释《大浴女》的文字。《大浴女》其实有点像天书。当 20 世纪末期，人类还在猜测"宇宙人"(外星人)是何等样子时，也许对解释《大浴女》反而能够找到一点出路。

许多造型者把宇宙人画得像蚂蚁，为什么？是为了区别地球人。每个艺术家都想找出自己笔下的独属于自己的新"人"。处在

19世纪工业革命正蓬勃发展时期的艺术家就更急迫。塞尚急迫地想要摆脱传统的“完美”，摆脱古典主义和浪漫主义早已做过的尝试，去寻找一种新的面孔、新的形体、新的“人”。这在他早期的《骡与群贼》中已经有所表现。那时塞尚把那群偷骡贼画得像橡皮一样柔软，但那终不能代表塞尚式的新人。直到《大浴女》，新人出现了。这时的塞尚已不是画《骡与群贼》的那个毛头小伙子，他是法国艺坛举足轻重的人物了。这群半人半树的女人在做什么，难道真的只在出浴入浴吗？古典主义的“美人画”早把这个题材画得滚瓜烂熟了，那些血脉充盈的肌肤，那些标准的腰腿和乳房……都是塞尚决定要抛弃的。在这里，塞尚把这群横七竖八的浴女归纳起来，归纳成一个等腰三角形。这是在诗意地调和万物吧。塞尚反复运用这个等腰三角形，坚持把浴女们和树干们做一种理性安排，使观众忘记再去推敲这些人的解剖、比例是否合理。哪怕左边那个浴女真的像树干，且脑袋尖削，腿长得像骆驼，你也不再计较。你只觉得塞尚的大浴女就应该是这样。这是一幅世间万物的大谐和图。如同他的另一幅画《圣维克多山》的山顶上那团神秘莫测的云。这可能是丛林一样的女人或者女人一样的丛林，也可以说，女人就是丛林。塞尚的科学和理性使他笔下的自然和人获得了深度，她们广大、深奥，同时呈现出安定感和永恒性。

据说塞尚是从一群美国士兵洗澡产生《大浴女》的灵感的，这仅仅是“据说”。塞尚最终渴望有一个纯洁、天真的世界景象，因为他曾经说过，画家“需要天真地画一个胡萝卜”。如此说，他笔下那些粗大的筋肉，沉甸甸的布的褶皱，浮雕样的山，响亮的瓷器一般的苹果……都是他最终渴望的过度。

塞尚和尼采同时代，他们虽不认识，但尼采在《索罗埃斯特说教》中，形容精神的三种变化——也可理解为三层境界，他解释精神如何变成骆驼，骆驼如何变成狮，最后狮又如何变成孩子时，说的简直就是塞尚。

我以为能够变成孩子的狮必是达到了人类精神的最高境界，那境界的确是为少数人预备的。

惊异是美丽的

达利和他的老乡毕加索、米勒齐名，他们三人都是单枪匹马闯荡国际艺坛，最终成为 20 世纪欧洲主要绘画流派的三巨头。和毕加索、米勒有所不同的是，达利那些狂傲不羁、带有噱头意味的言论留给世人的印象，和他那些华美壮丽、闪烁着飞腾般热情的怪诞杰作留给世人的印象同样强烈。像他这样既虚荣又勤奋、既贪图名利又独往独来、既标新立异又精细耐心地钻研的古典大师，既游走于喧嚣的时髦社会又对艺术聚精会神，在世时就不惜用各种手段把自己宣传、“包装”到无以复加程度的人物在艺术史上恐怕也是不多见的。

达利说：“毕加索是西班牙人，我也是；毕加索是天才，我也是；毕加索举世闻名，我也是。”达利说：“我是一个天才，我在母亲的怀胎里，就意识到自己的存在。”达利说：“当爱因斯坦去世之后，活在世上唯一的天才就是达利。”达利说：“由于我是天才，我没有死亡的权利，我将永远不会离开人间！”达利说：“只有我是超现实主义唯一的真正代表。”达利在阐明自己的绘画思想时宣称：“在绘画天地中，我全部的野心，在于以最明确坚定的疯狂态度，把那些具体而非理性的幻象加以形体化。”达利最具达利式的一句话是：“我和疯子最大的不同就是我没有疯。”

达利没有疯，我有点觉得他其实是工于心计的。他那来自地中海的西班牙式的热情和精力过剩的种种作为，令很多人觉得不可思议。当他很早成名之后，除了绘画，他写小说、写散文、设计珠宝，给名导演希区柯克的电影作美术设计，为钢琴家鲁宾斯坦的住宅做室内装潢，为纽约第五大道的百货商店设计橱窗，定期给家乡热爱绘画的孩子们做指导，不断在全球办个人画展，不放过任何当众演讲的机会……且经常奇装异服，有一次身穿潜水衣去某大学演讲差点被憋死；还有一次为了给自己的画展造势也为了强烈吸引观众，他在开幕式上把自己装进一只箱子，然后让箱子悬至空中，他在观众的惊呼当中从箱子里爬出，像是神话宝盒里飞出的一个宝贝，又像是天才真的从天而降。他这一生在艺术上和在名利场上是风头出尽，被同时代的许多艺术家斥为俗不可耐的小丑。但在达利看来，世界上没有任何一位天才能够不经宣传而直上云霄。宣传这种东西就像语言一样古老。古希腊的诡辩家，早就能纯熟地运用宣传的伎俩，经常利用人情绪性的激动来达到目的。达利的炫耀的正面效果毕竟大于负面效果。他成功地扩展了他在各方面的影响力，天才的暴得大名特别需要大批愚人的合唱，需要被那些能说会道却并不真懂他的深意的人传播出去。这景况的负面效果是，盲目热情和对他的指责，都阻挡了人们对他的艺术价值的更深层次的理解与认识，人们没有沉着的耐心去估量达利艺术的优异与珍贵。天才意识和达利同样强烈的普希金，也曾有著名的抒发骄傲的诗句：

我为自己建造了一座非人工的纪念碑，
在人们去往它的路上，
青草不再生长……

普希金的骄傲葆有一种优雅的含蓄，达利的骄傲则呈现一种彻底的霸道。

《记忆的延续》中达利对“软态表”或说“软体表”的创造，据他说是受了餐桌上一块奶酪的启发。但我想这启发的背景必然源于达利所处的时代。在往昔，信念是强烈的不含糊的，人类的最后命运已被描绘出来；但今日，命运是不确定的，世界的谜样特点比往昔任何时候都要突出。软态表更能暗示时间那既不能消失又无法把握的残忍。它有些滑稽，却不是玩笑。它可能是一种带有伤感色彩的对达利时代的怀疑和质问。

达利让人惊异，即使没有受过训练的眼睛，也会被他在画面上创造的景象——那巨大的、非理性的却比现实更加逼真的梦的魅力所震撼。

1926年，22岁的达利初次来到巴黎，当他登门拜见心仪已久的已出大名的毕加索时，兴奋地对毕加索说：“我在造访卢浮宫之前，先来拜访您。”而毕加索也毫不客气地回答说：“你做得对。”然后达利请毕加索看自己带来的作品，毕加索默不做声。毕加索请达利看自己的作品，达利也默不做声。离开毕加索之后，年轻的达利对朋友说，当提到“天才”一词的时候，他想到的是毕加索。但也就是在这次见面后，一直受着毕加索立体主义影响的达利，断然决定离开立体主义。这果断的离开便是一个大师的超人之处。达利打动我的不是他一生的绚丽多姿，而是在最关键的时刻能够作出这种真正有出息而又有利于自己的果断决定。若按法国超现实主义诗人普鲁东的说法“惊异是美丽的”，达利让我惊异之处就在这儿。

《第四十一》梦

十几年前我读中学的时候，离学校不远处有一家军队造纸厂，造纸厂的仓库里堆积着如山的“废书”。“废书”从各处抄查而来，在这里是造纸的原料。我和我的同学如同打洞的小鼠，寻找缝隙把能拖出的书一本本地往外拖。

那些残破的、散发着霉气的书籍按照我们自定的传看条件，鬼祟地在大家手中传递起来：《红字》、《金蔷薇》、《家》……

对待书我一向是自私的。面对这些“仓库收获”，我没有信守与同学互相传看的诺言，我读过的书便藏起来据为己有。我为它们做各种修补和粘贴，然后就假装没事人儿似的再向同学索要他们手中的书，仿佛根本不曾有过交换的条件。幸而我的同学中有比我大度的，也有对书不以为然的，于是我手中总有新的获得。

我去农村插队前夕，从熟人家借得一本《第四十一》。在浩瀚的书林之中它至今使我难忘：那个潇洒的红军女战士马柳特卡和眼睛蓝得宛若海水的白军中尉的故事，在我的意识深处开辟了一个前所未有的人生视角，虽然我知道当时它也在点名批判之列。

我打算把《第四十一》藏起来不再还给那熟人，但我忘记了我面临的对手毕竟不是我那些对书不以为然的同学。这位熟人长者对书竟然比我还认真，不久便开始了他的索书活动，有时竟每日一趟，大有穷追不舍之意。面对我的对手，我不能再装作没事人，也不能轻描淡写说我丢了他的书。开始我只说没看完，在万般无奈时只好提议用我的一本书与他交换。他拿眼搜索着我那并不富足的小书架，竟然同意了，然后信手抽走了我从造纸厂“拖”出来的《金蔷薇》。我有些后悔，无论如何我是不愿意用《金蔷薇》与他交换的，《金蔷薇》与《第四十一》相比毕竟是厚多了。我觉得这已不是交换而是他对我的一种掠夺，我开始懊恼熟人和自己，然而熟人心满意足地走了。

我很快拿出这本昧起来的《第四十一》再次翻看，心情才平静下来，因为它终于光明正大地属于我了。我又窃喜它的分量并不亚于《金蔷薇》，干吗要在乎书的厚薄呢？作者的名字太长我很久才记住，而译者曹靖华先生的名字我却知道，那时我还读过曹老译的盖达尔的一些作品。从书的底页我还了解到这本薄薄的软精装小书是解放后国内发行的第一版：1957 年，生我的那一年。

“五七”二字颠倒一下就是“七五”，1975 年我去了农村插队，并且写起小说来。当我发表了一些文字回城之后，常有热情的读者来信鼓励或登门看望。去年冬天就有一位着布鞋、长年在国外任武官的中年军人来到我家，说经常读我的小说，现在是来我所居住的城市锻炼，在驻军某部任代理师长(那个造纸厂就属该驻军)，于是就有了见面聊聊的想法。

我请这位师长坐下，觉得他颇具些军人风度却又不失温文尔雅，笑容里还有些许朴拙和腼腆。我们的聊天是愉快的，聊了许多我才知道曹靖华先生便是这位师长的父亲，师长名叫曹彭龄，做武官也写散文。

我记得那天是我们所在小区的停电日，几支蜡烛反倒引发了谈天说地的灵感——假如聊天也需要灵感的话。曹彭龄使我又忆起从前我与人换来的那本《第四十一》，在烛光之下我把换书的故事告诉了他。我还告诉他在那样的年代里外国作家的作品通过一位翻译家的再创造，是怎样给了一个青年独特的感受。由此又谈及鲁迅先生曾将翻译家比作为起义的奴隶们偷运军火的人。偷运军火需要胆识和献身的意志。我不能将那个年代的自己比作要起义的奴隶，然而我的确盗用过曹老运给我们的那被封埋的军火。

曹彭龄安静地听着，并不过多地描述曹老为译《第四十一》所蒙受的苦难和各种罪名，更不去炫耀张扬曹老在翻译、介绍苏联文学方面的功绩。他腼腆地笑，只谈中国当代文学和作家。因了对文学的特殊感情，他连哪次出国时碰巧和哪位青年作家同机，都表现出天真的欣喜。告辞时他只希望我把自己的小说集送给他。

我送给曹彭龄一本新近的小说集，他非常仔细地放进他的绿帆布军挎包——就是随处可见的那种军用挎包。送他下楼后我还发现他是步行而来，而从他的师部到我家足有四公里吧。我问他出门为什么不要车，他笑笑说他喜欢走路。他背着书包很从容地走进一片黑暗里去了。

不久我收到曹彭龄从北京寄来的一本新版《第四十一》，他在扉页写道："1987 年冬在您家做客时，听您说起曾以一册《金蔷薇》与友人悄悄换得一册家父译的《第四十一》，并无比珍爱。我想，家父在天之灵，倘闻此事，也当笑慰的……回京后，觅见家父留存的'文革'后新版，特代他奉赠一册，以谢知音。"扉页下方是曹老的印章。

曹老留在书橱中的这册盖过印章的新版本该不是专为赠与我的吧？是曹老听见了那个久远的换书故事，静等我去索求？我常为此不能自解。对这本译作我到底寻觅了多少年？

我将这新版《第四十一》看得非常珍贵，更感谢曹彭龄诚挚的心意。原来是他连接了活着的我与谢世的曹老的交流，使活着的我对自己从事的事业生出更多的感悟，使辞别我们的文学先辈对他从事过的神圣事业仍然能予照应。这是一个优秀灵魂对后世的照应。

使文学之树长绿，使本该需要净化的文学更加净化，不浮华颓败，不入误区，使文学更加与时代息息相通，不能没有这照应和感悟。

曹靖华老辞世一年有余了，《第四十一》的梦绵绵不绝了。

曹彭龄又有信来说他正准备去伊拉克。伊拉克——当今地球上的一个热点。与远在伊拉克的武官相比，倒显得我和长眠地下的曹老更近了。

我谨祝武官的"官"运、文运亨通。

散文河里没规矩

我认识一条散漫多弯的河——拒马河。这河从源头开始，便盘旋于太行之中，它绕过山的阻拦，谢绝石的挽留，只是欢唱着向前。在浩瀚的鹅卵石滩、肥嫩的草地，它是一股股细流，只当白沙和黄土作岸时，河水才被收敛起来，变成齐腰深的艳蓝。

那年我在一个有白沙作岸的小村生活、写作，村里老人给我讲了那个“河里没规矩”的故事。先前，每当夏日中午，村里的姑娘、媳妇便结伴到河中洗澡。她们边下河，边把身上的衣服一件件脱净、高高抛向身后的河岸。待到她们钻入齐腰深的河水时，自己就成了一个赤条条的自己。而这时，就在离她们不远处，一群赤条条的男人也在享受着这水。这两群赤条条的女人和男人彼此总要招来些笑骂的，但那只是笑着的骂而已，一切都因了这个自古流传下来的“河里没规矩”的规矩。然而，是女人你就不必担心，说个“没规矩”你就会招来什么“不测”；是男人你也别以为，凭个“没规矩”你就能有什么“便宜”可占。在河里，男女间那个自己为自己定下的距离就是规矩，这规矩便成了那群“没规矩”的人们从精神到物质的享受依据。这个真实的故事实在就是发生在那些半原始状态的山民中的一种现代文明，山民的半原始状态和这个现代文明一直延续到距今 20 年前。可惜待到 20 年后的今天，当我问及那些哼着《潇洒走一回》、衣着打扮已明显朝着都市迈进的当地姑娘时，竟无一人知道这个离她们并不遥远的文明故事。你给她们讲，她们会把脸一扭，好像你的故事反倒是伤了她们的风化。这不能不说是发生在她们身上的悲剧。

我说的散文河，当然不是拒马河，却又觉得散文其实就是一条河。那么在这条散文河里，到底又有多少规矩？假如我是一个地道的散文家，这本是不在题下的一件事，可惜我并不是一个地道的散文家，所以便将计就计地把散文想成了一条河。在我想象的这条河里，自然也就没了规矩。在这条河里游着的男女，你和衣而卧或许并无人说你文明；你赤裸着而立，顶多也只会招来几声笑骂，你还会把笑骂愉快地奉还给对方。反之，散文既是一条没规矩的河，河里自然也就有了那个自觉的规矩。伸腿下河的必得是散文吧？你实在不应该把一大堆不好归类的文字都扔进散文这条河里。那些裸着自己下河的女人连脱衣服都脱得有章有法，她们是边入水边脱衣，继而是把衣服抛向岸边。于是她们不显山不显水地下了河，没有半点露"怯"之处。

章法之于文学，如果可作形式感解释，那么形式感就标榜着一篇散文独具的韵致和异常的气质。当然，问题还要牵扯到产生形式感的题材，于是我就想，散文这条河里的没规矩，或许应该指散文那形式感的自我标榜。

形式感不应只是描写技巧和作家对于零零星星韵味的寻找。形式感是就一件作品的整体而言。有位名叫奥尔班的奥地利画家说：形式感是你在作品中寻找的那种"联合体"。我常注意大散文家们对"联合体"的重视。朱自清和丘吉尔都深深懂得这个"联合体"的重要，于是他们在散文这条没规矩的河里找到了各自的规矩。

从梦想出发*

20世纪80年代初期，也就是20年前，我写过一个名叫《哦，香雪》的短篇小说，香雪是小说的主人公，一个生活在中国北方深山里的女孩子。

1985年吧，在纽约一次同美国作家的座谈会上，有一位美国青年要我讲一讲香雪的故事，我毫不犹豫地拒绝了他。因为在我内心深处，觉得一个美国青年是无法懂得中国贫穷的山沟里一个女孩子的世界的。但是那位美国人把持着话筒再三地要求我，以至于那要求变成了请求。身边我们那位读过《哦，香雪》的美国翻译也竭力撺掇着我，表示他定能把我的故事译得精彩。我于是用三言两语讲述了小说梗概，我说这是一个关于女孩子和火车的故事，我写一群从未出过大山的女孩子，每天晚上是怎样像等待情人一样地等待在她们村口只停一分钟的一列火车。出乎我的意料，在场的人们理解了这小说。他们告诉我，因为你表达了一种人类的心灵能够共同感受到的东西。也许这是真实的，也许这和我们今天探讨的话题有一点关系。当我荣幸地接到这次大会的邀请时，当我得知会议的主题是“文学中的文明与暴力的关系”时，不知为什么我首先想到了香雪这个渐渐远离我们的少女。那么，就让

* 本文为2002年7月在加拿大华裔作协主办的第六届“华人文学——海外与中国”研讨会上的发言。该届研讨会主题为“文学作品中的文明与暴力”。

我从她开始，进行我们的讨论。

20年前我是一家文学杂志的小说编辑，工作之余我在小说《哦，香雪》那样的山区农村有过短暂的生活。我记得那是一个晚秋，我从京原线(北京—太原)出发，乘火车在北京与河北省交界处的一个贫穷小村苟各庄下了车。站在高高的路基向下望去，就看见了村口那个破败的小学校：没有玻璃、没有窗纸的教室门窗大敞着，一群衣衫褴褛的小学生正在黄土院子里做着手势含混、动作随意的课间操，几只黑猪白猪就在学生的队伍里穿行……土地的贫瘠和多而无用的石头使这里的百姓年复一年地在困顿中平静地守着日子，没有怨恨，没有奢求，没有发现他们四周那奇妙峻美的大山是多么诱人，也没有发现一只鸡和一斤挂面的价值区别——这里无法耕种小麦，白面被认为是至高无上的。于是就有了北京人乘100公里火车，携带挂面到这里换鸡的奇特交易：一斤挂面足能换得一只肥鸡了。这苟各庄的生活无疑是拮据寒酸的，滞重封闭的，求变的热望似乎不在年老的一代身上，而是在那些女孩子的眼神里、行动上。我在一个晚上发现房东的女儿伙同着几个女伴梳洗打扮、更换衣裳。我以为她们是去看电影，问过之后才知道她们从来没有看过电影，现在她们是去看火车，她们是去看每晚七点钟在村口停留一分钟的一列火车。这一分钟就是香雪们一天里最宝贵的文化生活了。为了这一分钟，她们仔细地洗去劳动一天蒙在脸上的黄土，她们甚至还洗脚，并穿起本该过年才拿出来的家做新鞋，也不顾火车到站已是夜色模糊。这使我有点心酸——那火车上的人，谁会留神车窗下边这些深山少女的脚和鞋呢。然而这就是梦想的开始，这就是希冀的起点。火车带来了外边的一切新奇，对少女来说，它是物质的，更是精神的，那是山外和山里空气的对流，经济的活泛，物资的流通，时装的变迁，乃至爱情的幻想……都因这火车的停留而变成可以触摸的具体。她们会为了一个年轻列车员而吃醋、而不和的，她们会为没有看清车上某个女人头上的新型发卡而遗憾的。在这时少女和火车是互相观望的，少女像企盼恋人一样地注视无比雄壮的火车，火车也会借了这一分钟欣赏窗外的风景——或许这风景里也包括了女孩子们。火车上的人们永远注意不到这些女孩子那刻意的打扮，那洗净的脚和新换的鞋，可她们对火车仍然一往情深。于是就有了女主角香雪用一篮子鸡蛋换来火车上乘客的一只铅笔盒的“惊险”。为了这件带有磁铁开关的、样式新颖的、被香雪艳羡不已的文具，她冒险跳上火车去做交易，交易成功，火车也开动了，从未出过家门的香雪被载到下一站。香雪从火车上下来，怀抱铅笔盒，在黑夜的山风里独自沿着铁轨，勇敢地行走30华里回到她的村子。

以香雪的眼光，火车和铅笔盒就是文明和文化的象征，当火车冲进深山的同时也冲进了香雪的心，不由分说地打破了她那小小的透明的心境。而她那怀抱铅笔盒的30华里的夜路便也可以看做是初次向着外界文明进军的行动了。这样的解释虽说浅陋，到底也还是不错的。但作为写作者的我，总觉得事情并不是这样简单。火车不由分说地带来了洋溢着工业文明气味的物质信息，还带来了什么呢？20年之后，香雪的小村苟各庄已是河北省著名的旅游风景区野三坡的一部分了，火车和铁路终于让更多的人发现这里原本有着珍禽异兽出没的原始森林，有着可与非洲白蚁媲美的成堆的红蚁，有着气势磅礴的百里大峡谷，有着清澈明丽的拒马河，从前那些无用的石头们在今天也变成了可以欣赏的风景。而从前的香雪们也早就不像等待情人一样地等待火车，她们有的考入度假村做了服务员、导游，有的则成为家庭旅馆的女店主。她们的眼光从容自信，她们的衣着干净时新，她们的谈吐不再那么畏缩，她们懂得了价值，她们说："是啊，现在我们富了，这都是旅游业对我们的冲击啊。"而仅仅在几年前，她们还把旅游说成"流油"——"真是一桩流油的事哩"，那几年她们这样告诉我。在这些富裕起来的村庄里，也就渐渐出现了相互比赛着快速发财的景象，毕竟钱要来得快，日子才有意思啊。就有了坑骗游客的事情，就有了出售伪劣商品的事情，也有个别的女性，因了懒和虚荣，自愿或不自愿地出卖自己的身体……在这时，倘若我们跳出香雪当年仰望火车时的一片深情，我们是火车上的一名乘客或者我们就是火车，也许我们会发现火车它其实也是一种暴力。什么是暴力？暴力在很多时候可以有很多种解释，把它限制在我这篇发言里，相对于我前边描述过的农耕文明景象，暴力就是一种强制的不由分说的力量。雄壮的火车面对封闭的山谷，是有着产生暴力的资格的，它的与生俱来一种不由分说的力量。虽然它的暴力意味是间接的，不像它所携带的文明那么确凿和体面。并且它带给我们的积极的惊异永远大于其后产生的消极效果。在这里，我想举出另一篇小说使我们的话题继续。

在我生活的省份河北，有位名叫水土的年轻作家写过一个短篇小说《村里有台拖拉机》。这故事的背景是上世纪 70 年代初，那时中国的乡村普遍地贫穷和落后。一个偏僻小村里一对青梅竹马的男女中学生，原本一直是相互爱慕的，他们从来没有怀疑过自己必然是对方的妻子或丈夫。这时一台拖拉机出现了，在这个从来没有见过机器的村庄里，它掀起了一场轩然大波。当被告之这个巨大的"铁的牛"那神奇的功能之后，人们惊愕，人们慨叹，人们狂欢，人们奔走相告不能自已，人们拆了马棚为拖拉机造屋，生怕委屈了这生活中的新皇帝——假如拖拉机开口说话要求村人抬着它在村中观光一圈，人们也会毫不犹豫地将它抬上肩头的。拖拉机也因此成为媒人说媒时的重要优越条件：我们村可是有拖拉机的村啊。爱情也随之起了骤变：女主人公被同班一个功课不好的名叫老安的男生强烈地吸引，因为老安被选中去学开拖拉机。这老安一直在无望地暗恋着女主人公的，是拖拉机给了他得到幸福的机会。何止一个女主人公呢，整个村庄的女孩子都沸腾了，她们甚至连雪花膏的香味都不以为然了，她们贪婪地去闻拖拉机柴油的气味，这来自另一个世界的、绝不同于泥土和青草气味的柴油，唤醒了她们的欲望。对于女主人公来说，释放着柴油气味的拖拉机本身就是爱情和幸福的化身，因为驾驶着拖拉机的是老安，她必然会连老安一同接受。这真是一股不可阻挡的力量，她背弃了青梅竹马的男友，鄙视他优异的学习成绩，放弃应该继续的学业，因为在拖拉机的机房里，她和老安过早地结出了爱情的果实。许多年之后念了大学、在城市有了稳定生活的男主人公回村时偶遇初恋的女友——也就是我们的女主人公，她已经变成一个邋遢、臃肿、有着一堆孩子的地道的农妇。而且生活既不富裕，也并不如意。当年那个拖拉机英雄老安没有露面，让男主人公刻骨铭心的那台拖拉机也不见了。作者没有告诉我们拖拉机的去向，让读者不安、让读者回味无穷的是女主人公在拖拉机以后的日子。拖拉机的确如村里人最初知道的那样大大解放了生产力，它也是农业机械化在偏僻乡村最初的闯入者。但它实在不具备解放一切的能力，比方说它就没有让小说的女主人公真正得到精神上和生活上的解放，女主人公一厢情愿对它的倾心，退一步看就显得有些幼稚和蒙昧。她断然轻视功课优秀的男友，因为她还来不及知道知识的力量，或者培根那句名言："知识就是力量。"这时的拖拉机之于女主人公，说是文明，就不如说是一种粗暴吧。又因为这粗暴对人有着不可抗拒的诱惑力，便也带出了一种别样的心酸。这时我想，女主人公生活中那不自觉或者半自觉的困惑和尴尬,说是她个人的状态,不如说是整个人类都面临着的麻烦。如果说《哦,香雪》让人看到的是辛酸里的希望,《村里有台拖拉机》让人感受到的就是希望之后的困惑。

那么,火车和拖拉机在进化着乡村物质文明的同时,也扮演了暴力的角色。火车的到来,火车的“温柔的暴力”使未经污染的深山少女的品质变得可疑;而拖拉机的突现则以势不可挡的巨大威力碾碎了一对乡村男女的爱情。没有这些机械文明的入侵,贫苦的香雪们将永远是清纯透顶的可爱;后来嫁给了拖拉机手的姑娘也会在平静的日子里与她相爱的男人结婚。可我想说,这种看似文明的抵抗其实是含有不道德因素的,有一种与己无关的居高临下的悲悯。贫穷和闭塞的生活里可能诞生纯净的善意,可是贫穷和闭塞并不是文明的代名词。谁有权力不让香雪们走出大山富裕起来呢?谁有权力不许一个乡村少女狂热迷恋她从未见过的拖拉机呢?而当初她们的跳上火车,她们对柴油气味那天真而贪婪的吸吮,正体现了她们那压抑不住的活力。对新生活的希望就埋藏在这样的也许是可笑的活力里。也许人类都或多或少地滋生着这样的可笑的活力,人类才可能有不断的梦想,而世界上好多重大的科学发明最初无不基于科学家貌似可笑的梦想。比方当我们在这儿谈论火车时,蒸汽机火车已经从中国全面退役成为我们时代的一个背影;内燃机车、电气机车也不再新鲜。就在今年,上海将出现中国第一列标志着国际领先技术的磁悬浮列车。在这个人类集体钟情于速度的时代,那个仿佛不久前还被我们当成工业文明象征的蒸汽机车,转瞬之间就突然成了古董。蒸汽,这种既柔软又强大的物质,这个引发了第一次工业革命、启动了近现代文明之旅的动力也就渐渐从“暴力”的位置上消失了。当它的实用功能衰弱之后，它那暖意盎然的怀旧的审美特质才凸现出来。生活在前进，科学技术在飞奔，人类的物质文明在过去二百年里发生的变化远远超过了前五千年。1899 年，一个名叫阿瑟·史密斯的美国传教士出版了《中国乡村生活》一书，书中言及那个年代，即使中国乡村中的士人，也有人坚持相信西方国家一年有一千天并且天上无论何时都挂着四个月亮。在今天，面对我们对世界的理解不断加深，我们生活水准的不断提高，我们的物质要求也一再地扩大，写作者原本无话可说。我愿意拥抱高科技带给人类所有的进步和幸福，哪怕它天生一种不由分说的"暴力"色彩。但我还是要说，巨大的物质力量最终并不是我们生存的全部依据，它从来都该是巨大精神力量的预示和陪衬。而这两种力量会长久地纠缠在一起，互相依存难解难分，交替作战滚动向前。作为一个写作者，我更愿意关注火车和拖拉机以后的乃至磁悬浮列车以后的人类的精神动向，怎样阻挡人在物质引诱下发生的暴力——比方富裕起来的香雪的有些同乡坑骗游客之行为即是一种新的暴力。怎样捕捉人类精神上那最高层次的梦想：唤醒这梦想或者表达这梦想，并且不回避我们诸多的焦灼与困惑。

为什么许多读者会心疼和怀念香雪那样的连什么叫受骗都不知道的少女？为什么处在信息时代的我们，还是那么爱看电影里慢跑的火车上发生的那些缠绵或者惊险？我不认为这仅仅是怀旧，我想说，当我们渴望精神发展的速度和心灵成长的速度能够跟上科学发明的速度，有时候我们必须有放慢脚步回望从前的勇气，有屏住呼吸回望心灵的能力。有位我尊敬的老作家说过：在女孩子们心中埋藏着人类原始的多种美德。我想，即使有一天磁悬浮列车也已变为我们生活中的背影，香雪们身上散发出来的人间温暖和积极的美德，依然会是我们的梦。我们梦想着在物欲横流的生存背景下用文学微弱的能力捍卫人类精神的健康和心灵的高贵。这梦想路途的长远和艰难也就是文学得以存在的意义。同时这也是文学的魅力——梦想使我们不断出发,而路上的欢乐一定比到达目的地之后的满足更加结实。

图书在版编目(CIP)数据

让我们相互凝视/铁凝著. —上海：东方出版中心，2018.8

（名家散文中学生读本）

ISBN 978-7-5473-1332-9

Ⅰ.①让… Ⅱ.①铁… Ⅲ.①散文集-中国-当代 Ⅳ.①I267

中国版本图书馆 CIP 数据核字(2018)第 172577 号

让我们相互凝视

出版发行：东方出版中心
地　　址：上海市仙霞路 345 号
电　　话：(021)62417400
邮政编码：200336
经　　销：全国新华书店
印　　刷：杭州日报报业集团盛元印务有限公司
开　　本：890mm×1240mm　1/32
字　　数：174 千字
印　　张：7.5
版　　次：2018 年 8 月第 2 版第 1 次印刷
ISBN 978-7-5473-1332-9
定　　价：28.00 元